La última vecina

La última vecina

Ana Viladomiu

Rocaeditorial

© 2019, Ana Viladomiu Pérez-Sala

Primera edición: marzo de 2019

© de esta edición: 2019, Roca Editorial de Libros, S. L.
Av. Marquès de l'Argentera 17, pral.
08003 Barcelona
actualidad@rocaeditorial.com
www.rocalibros.com

Impreso por EGEDSA
Sabadell (Barcelona)

ISBN: 978-84-17305-74-1
Depósito legal: B. 3894-2019
Código IBIC: FA

RE05741

El sentimiento no se equivoca nunca, porque es la vida;
lo que se equivoca es la cabeza, que no es más
que un instrumento de control.

ANTONI GAUDÍ

Paul y yo nos casamos un día laborable, a las nueve de la mañana. Avisamos la noche anterior por teléfono a la familia y amigos: bufet de diez a tres de la tarde en nuestro piso de La Pedrera. ¿Un desayuno? ¿Un aperitivo? Daba igual como lo quisieran llamar, pero contábamos con ellos. No se aceptaban regalos. Todo sucedió rapidísimo. Sin pedida de mano, sin anillos ni fotógrafo.

Tras cumplir con el trámite en los juzgados, al volver a casa y abrir la puerta de entrada, nos encontramos envueltos en una nube blanca. El recibidor, el pasillo y el salón comedor sembrados con los kilos de arroz con los que nuestros invitados decidieron festejar el enlace. Me gusta imaginar que incluso Gaudí, de haber estado allí, habría sonreído al ver la alegría que invadía nuestro piso, el tercero segunda, el piso de los Row.

Disfrutamos de la fiesta y, a media tarde, improvisamos una luna de miel. Acompañados de una diseñadora americana, pusimos rumbo a la Feria del Mueble de Valencia, donde Paul formaba parte de una mesa redonda compuesta por colegas ingleses. Dormimos los tres en un hotel de Benicarló de lo más *kitsch*, que fue la excusa perfecta para que no paráramos de reír en toda la noche.

Pero ¿cómo no iba yo a reírme? Había tenido la grandísima suerte de casarme con mi dios. Y, pasara lo que pasara, no iba a renunciar a él. *Till death do us part.* Amén.

Υ

Han transcurrido veinticuatro años desde aquel día.

Paul y yo estamos a punto de cumplir un cuarto de siglo de casados, de celebrar nuestras bodas de plata.

A punto de hacernos mucho daño, de destrozarnos uno al otro la vida.

Y no sé por qué.

$\mathcal{V}$einticuatro años casada y veintiséis viviendo en La Pedrera, calculo mientras saludo con un «Hola, buenos días» a una azafata y al guarda de seguridad que controla la puerta principal. Me abro paso entre un grupo de turistas, *please, thank you, thank you, thank you,* y me dirijo decidida al paso de peatones en la esquina del paseo de Gracia con Provenza.

Es la mañana del 8 de enero de 2014. Cruzo la calle y tomo asiento en el banco frente a la farmacia para atarme los cordones de las deportivas. Me quedo ensimismada observando el ir y venir de los trabajadores armando los andamios frente al edificio. Contemplo la fachada de color crema que se ha ennegrecido con el paso del tiempo. Un mar de piedra en movimiento que en breve quedará oculto tras unas lonas; una presencia compacta y poderosa: la gran obra de Antoni Gaudí.

Sé lo que esos andamios significan. Los pocos inquilinos que quedamos en los pisos estamos al corriente, advertidos de que un día u otro esto iba a suceder. Levantarían un armazón de tablones y empezarían los trabajos de restauración. Doce meses, un año de pesadilla para los vecinos hasta recobrar la normalidad. Una normalidad entre comillas porque la Casa Milà, a la que en Barcelona solemos llamar La Pedrera, raras veces recobra la normalidad. Cuando las obras de limpieza y restauración de la fachada principal hayan terminado disfrutaremos de una tregua, pero pronto le tocará el turno a la fachada posterior o al interior de los patios. Eso sin contar los continuos arreglos de ornamentos, escaleras, suelos, puertas y demás elementos a conservar.

Me ajusto la bufanda y desde el banco donde estoy sentada observo los adornos navideños todavía suspendidos en los cables, los rótulos y persianas de las tiendas, que no abrirán al público hasta las diez. El paseo de Gracia se ha convertido en la calle del lujo, y las grandes firmas nacionales y extranjeras compiten entre sí por hacerse un hueco entre los edificios modernistas más representativos de la ciudad.

—¡Buenos días, Martina, qué madrugadora! —me saluda el jefe de relaciones públicas del hotel Claris, que baja caminando por el paseo.

—Y tú qué guapo vas —le suelto sabiendo que le gustará.

—¡Jamás hay que relajarse, corazón! —exclama él enviándome un beso con la mano.

Me encanta la gente que no baja la guardia y recurre a la extravagancia y a la sofisticación en cuanto puede, y más a estas horas de la mañana.

A escasos metros de mí, otro grupo de turistas admira La Pedrera, absortos y en silencio; orientales que adoran a Gaudí y han madrugado para poder disfrutar de su arquitectura sin aglomeraciones.

—*Would you mind to take us a picture?* —me pide ahora un matrimonio de cierta edad, con tal amabilidad que es imposible negarse.

Tanto él como ella llevan calzado deportivo y ambos sujetan el asa de una pequeña maleta con ruedas.

Me levanto y hago la foto. Y mientras los veo alejarse tirando de la maleta pienso que es normal que muchos de mis amigos sientan curiosidad por saber cómo mi familia y yo nos manejamos con tanto turista. En mi caso, sin problemas. Lo más engorroso, quizá, las fotografías robadas dentro del piso. De *mi* piso. He sido pillada por los objetivos de los turistas en cualquier rincón. Desperezándome en la cama, duchándome o secándome, recorriendo el largo pasillo a medio vestir o sentada frente al ordenador con una mascarilla en la cara.

Pero veintiséis años han sido suficientes para poner obstáculos que protejan mi privacidad. Por ello convencí a Paul de que debíamos colocar plantas de hoja perenne en nuestros balcones; he aprendido a bajar las persianas hasta un punto determinado, a correr las cortinas los metros necesarios o a no acercarme a ciertas ventanas. Estrategias que me ayudan a no sentirme como un mono en el zoológico. Pasen y vean: aquí estoy, monísima en mi jaula, bailando abrazada a una almohada en braguitas y sujetador.

*L*as emociones intoxican el cuerpo.

Veintiséis años viviendo con Paul. Los dos últimos con dolor de estómago. Según los especialistas, mi cuerpo somatiza: siento dolor en un órgano al que no le ocurre nada, todo ocurre en mi cabeza. Trastorno psicosomático, juego de espejos. Tras meses y meses de incertidumbre, finalmente los médicos se han puesto de acuerdo en el diagnóstico: sufro ansiedad y la somatizo en el abdomen. Es por esto que me toca caminar a diario. *Pim pim, pim pim,* un pie y luego otro, sin detenerse, manteniendo el ritmo. Una rutina más para reforzar mi tratamiento, para normalizar y calmar una tripa hinchada como un melón que no deja de incordiarme.

Hoy me he acercado hasta el paseo Marítimo. A mi izquierda, el Club Natación Barcelona, donde algunos socios juegan a las palas y otros charlan o leen el diario en unas tumbonas de plástico. A mi derecha, y cerca de unos patines estacionados sobre la arena, un grupo de señoras con albornoz y gorros de goma se quedan en bañador en la orilla o se sumergen riéndose en el agua.

Una pareja de novios posa para un fotógrafo delante de un muro. Ella lleva un vestido blanco que deja al descubierto sus brazos musculados y sembrados de tatuajes. El novio, de cara chupada y cuerpo consumido, luce una colección de *piercings* y el cabello cortado en cresta. Puede que él esté disfrutando de un permiso carcelario o acabe de salir de un centro de desintoxicación y que ella se entrene para participar en campeonatos de culturismo. Puede que él sueñe con ser un reconocido creador de juegos en la red y que ella esté ahorrando para montar un gimnasio en su barrio. Que los dos hayan coincidido haciendo una suplencia en una cadena de supermercados, o que hayan contactado por Internet... El azar quiso que yo conociera a Paul comiendo en el antiguo Mordisco de la calle Rosellón, puerta con puerta con La Punyalada.

Estaba tomando una ensalada con una amiga y nos dimos cuenta de que el señor de la mesa de al lado no nos quitaba el ojo de encima. Al pedir la cuenta, el camarero señaló:

—El señor las ha invitado. —Y dirigió la vista a la mesa contigua, que hacía escasos minutos había quedado desocupada.

—¿A comer? —preguntó mi amiga removiéndose en el alto taburete.

—No, señoritas, al café —respondió el camarero con sorna.

Al volver al trabajo nos estuvimos preguntando cuál de las dos le habría gustado. Con el tiempo llegué a la conclusión de que había sido mi amiga la que había llamado su atención. Además de guapa, mi amiga arrastra unos kilitos de más, y Paul siempre ha sido de mujeres guapas de cara y tirando a gorditas, lo contrario que yo. Nunca me lo ha aclarado.

Quince días después, fui con otra amiga a cenar al Flash Flash. Nos pusimos en la lista de espera para que nos dieran una mesa, en aquella época en el Flash a menudo la cola llegaba hasta la calle. De pronto, entró aquel desconocido que nos había invitado a café en el Mordisco. Me faltó tiempo para presentarme y entablar conversación. «Hola, me llamo Martina, Martina Meseguer, gracias por invitarnos el otro día al café.» «Hi, pleased to meet you. I'm Paul Row.» Larguirucho, pálido y vestido con ropa oscura de segunda mano, tenía que ser inglés.

Entre tanto se acercó el *maître*, que desbordado por la situación, preguntó:

—¿Les importaría a los señores compartir mesa? No hay forma de conseguir que la gente se levante.

Cenamos los tres juntos. Y la sorpresa llegó de nuevo al pedir la cuenta. Paul hundió las manos en los bolsillos y empezó a buscar y rebuscar, para acabar soltando lo que desde hacía unos segundos se veía venir:

—Lo siento, pero no llevo encima la cartera… —Su castellano era perfecto.

Mi amiga fue la que pagó la cena y él se ofreció a compensarnos llevándonos a tomar copas a un local donde lo conocían. Nos llevó al Nick Havanna. Uno de los bares de moda del momento. Bebimos chupitos de vodka y nos fuimos cuando cerraban, cada uno en su moto dando bandazos camino de su casa.

Nos hicimos amigos. Casi cada noche salíamos de juerga después de trabajar. Recuerdo la americana roja que Paul se ponía para ir a las fiestas sobre la camisa siempre negra. De tanto en tanto, se permitía una corbata con el dibujo de un gato. Superados los primeros sustos, yo quería ser su alma gemela; un hombre quince años mayor que yo, que lograba sorprenderme a diario; un hombre que no hacía las cosas a las que me tenían acostumbrada mis abuelos, mi padre, mis hermanos y ninguno de mis amigos o conocidos; un hombre al que las mujeres perseguían y los hombres admiraban.

Paul se convirtió en mi maestro. Me inició en el mundo de la arquitectura y el diseño, me descubrió los ambientes de vanguardia en una ciudad que no era la suya pero en la que residía hacía años, me enseñó una nueva forma de viajar, de moverse por las ciudades, por los museos; me mostró cómo hacer un ramo de flores, cómo no engalanar una mesa para Navidad; me empujó a valorar lo feo y lo vulgar, a encontrar belleza en lo diferente, y sobre todo, me animó a replantearme el concepto de lujo. Paul en pocas semanas me abrió las puertas a un mundo fascinante. Y yo, deslumbrada, comencé a desentenderme de ciertos valores y costumbres que hasta entonces ni se me había ocurrido cuestionar, y aprendí a mirar el mundo con sus ojos. Los ojos de un hombre quince años más sabio que yo.

Observando cómo la pareja de novios posa ahora abrazada junto a una palmera, recuerdo el día que entré por primera vez con nuestras hijas en brazos por la puerta principal. Primero una y al cabo de dos años la otra, diminutas y envueltas en una manta, los nuevos y queridos bebés de La Pedrera. También recuerdo alguna de las fotografías que Paul les solía hacer y que corren por casa, como esa en la que la mayor sale, recién llegada de la clínica, llorando sobre una bandeja del horno, y en la parte baja de la polaroid ha quedado escrito en tinta azul: «Cochinillo al horno», o aquella en la que la pequeña lleva un pañal aplastado en la cabeza en forma de cofia. No eran las típicas fotografías que llevan las madres en la cartera para enseñar orgullosas a diestro y siniestro. La de Paul siempre ha sido otra mirada.

La pareja de novios ha quedado atrás cuando paso por delante de las mesas de un bar donde unos jubilados juegan al dominó, muy cerquita de la arena. Ellos ni me miran, enfrascados como están contando y moviendo ficha. Entonces oigo unas voces. El interior del local está oscuro, me quito las gafas de sol y fuerzo la vista. Una señora mayor, pequeña y regordeta, riñe al que supongo su marido, que con la espalda encorvada no osa abrir la boca:

—Te tengo dicho que lo primero es pasarse por casa de la niña… Y tú que sí, que sí, ¡y mira tú dónde te encuentro! En el bar con los amigos y sin haber echado una mano a la cría. ¡Como para fiarme de ti!

¡Ya estamos! Noto que me falta el aire. En nada jadearé como un perro. Saco el botellín de agua de la riñonera y lo vacío de un trago. Me dejo caer sobre la arena, cruzo las piernas y con los ojos cerrados me concentro en respirar tal y como me han enseñado. Inspirar por la nariz, espirar por la boca. Inspirar por la nariz, espirar por la boca. Siento la humillación del hombre como si fuera mía; la hostilidad de la mujer, también como mía. Tristeza por la situación y vergüenza ajena por los dos. Me angustia verme reflejada en unos desconocidos: reconozco en ellos mi propia frustración.

Y es que por mucho que esta mañana me haya dado por recrearme en los buenos recuerdos, Paul y yo hemos llegado al punto de discutir por todo. Por el volumen de la televisión, la altura de los taburetes de la cocina o la posición de la tapa del váter. Por lo que sea.

$\mathcal{M}$i abdomen empieza a resentirse a medida que avanza el día. Hace apenas media hora que me he despertado y ya se ha puesto duro y ha empezado a hincharse. Sentada frente a la pantalla me ajusto las gafas, mientras espero que el ordenador se ponga en marcha. Las obras en nuestra fachada están en la portada de todos los periódicos digitales.

Comienzo a leer la letra pequeña bajo los titulares cuando oigo unos ruidos metálicos en la parte delantera del piso. Me aparto de la pantalla y corro por el pasillo hasta el salón. Un casco amarillo asoma por una de las ventanas, de tres metros de alto. Los andamios están a punto de alcanzarnos e instintivamente me apresuro a correr las cortinas. Dudo unos segundos. Las descorro de nuevo, abro las ventanas y sonrío al chico del casco amarillo y a su compañero, que está afianzando un andamio un poco más abajo. Una avergonzada sonrisa de «Lo siento, soy una tonta, no entiendo por qué he corrido antes las cortinas». Observo con atención las macetas, porque seguro que les estorbarán. Van a impermeabilizar los suelos, a tratar el óxido de las barandillas y a restaurar las carpinterías. Mejor me despido de las plantas, que me han costado algunas lágrimas y muchas peleas con Paul, y las llevo a casa de un amigo. Se lo comento a los dos chicos, que están de acuerdo: no hay opción, un día u otro las tendré que quitar.

Con ganas de seguir informándome sobre las obras y antes de acercarme al escritorio, echo una ojeada por la ventana.

La parte trasera del piso, que es en la que yo suelo estar, da a un bonito y tranquilo patio del Ensanche. En estos instantes, un grupo de turistas acompañados por un guía permanecen ahí, de pie, estudiando la fachada posterior. Me sitúo frente al ordenador. La información que recibo sobre La Pedrera es abrumadora. Leo en la pantalla las entradas más recientes:

Esta es la tercera restauración que se lleva a cabo en la fachada de La Pedrera, un monumento que, por el deterioro propio del paso del tiempo, por sus características constructivas y por la fuerte polución que soporta, aconseja actuaciones de este tipo cada diez o doce años. Los andamios cubrirán toda la fachada exterior, tanto de la calle de Provenza como la del paseo de Gracia, y desde la planta baja hasta el terrado, un total de 2600 metros cuadrados. Las obras no impedirán, en ningún momento, la actividad habitual ni las visitas públicas al centenario edificio diseñado por Antoni Gaudí, que en el último año ha recibido un millón y medio de visitantes. La restauración cuesta 750.000 euros, incluidos en el presupuesto ordinario para este año de la Fundació Catalunya-La Pedrera, y no se descarta que una parte de ese coste pueda cubrirse con la colocación de alguna lona publicitaria.

Mi hija pequeña entra desperezándose en la habitación y se acerca a pedirme prestado el cargador del móvil. Lleva puesto un pijama grandote, y la larga y rizada melena rubia le cae como una cascada sobre la cara. Nos damos un cálido abrazo de madre e hija que saben lo que es estar mucho tiempo separadas. Ahora corre por casa, pero se ha pasado años lejos, primero estudiando y luego haciendo prácticas, y hemos estado meses y meses sin poder achucharnos.

Le señalo la imagen de La Pedrera que ocupa casi toda la pantalla:

—Martina…, ¿cuándo vas a empezar tu próximo libro? —pregunta acariciándome la espalda.

Varias veces he comentado a la familia mi intención de escribir sobre nuestros vecinos, colocar el foco en la historia humana del edificio, algo alejado de los temas de conversación que se suelen tocar en casa, ya que ellos tres son arquitectos, pero no sé de dónde sacar la energía, la salud para enfrentarme a semejante empresa.

La observo mientras desaparece por el pasillo ensayando unos pasos de baile y me emociona pensar que la voy a volver a perder. Ha encontrado trabajo en un estudio de arquitectura de Nueva York y se irá allí varios meses, quién sabe si se quedará para siempre. Para mí, mis hijas son todavía mis niñas, pero en realidad son ya dos personas adultas y responsables. La mayoría de las veces mucho más que yo.

Por la noche, en la cama, quiero comentarle a Paul que de febrero no pasa, no hay excusa que valga: antes de fin de mes comienzo a escribir el nuevo libro. Dirijo la mirada hacia él, que se ha atrincherado en el otro extremo y escucha música con los cascos puestos y el ceño fruncido, y pienso que le diga lo que le diga le resultará indiferente o le encontrará algún pero, como suele ocurrir. Y como no estoy para desaires, apago la luz y me vuelvo hacia el otro lado.

*C*reo que Paul acaba de irse. Me ha parecido oír el golpe de la puerta principal al cerrarse.

—¡Paul! —grito desde la ducha. Nadie contesta.

Me enrollo una toalla y salgo al pasillo con cuidado de no resbalar con los pies mojados.

—¡Martina!—me llama mi hija mayor desde su habitación.

—Un segundo, ya voy… —contesto derrapando sobre las baldosas de mármol.

Abro la puerta de entrada con gesto decidido. No hay nadie en el rellano del ascensor. Paul se ha tomado deprisa y corriendo el segundo café y se ha ido. Y lo ha hecho sin despedirse. Noto que el abdomen se me contrae y cómo se forma un nudo en su interior.

Mi hija mayor, que habrá intuido que pasa algo, se planta en el pasillo frotándose los ojos y bostezando.

—¿Qué ocurre?

—Nada —contesto tratando de quitarle importancia.

Tanto ella como su hermana están muy pendientes de lo que ocurre entre nosotros. Y más desde que saltó la alarma con mis continuos dolores de barriga, que al principio ningún médico lograba diagnosticar.

—¿Seguro? —insiste acabando de vestirse.

—Olvídalo, cariño —acierto a decir. Y corro a encerrarme de nuevo en el cuarto de baño.

Cuando conocí a Paul ya nunca se despedía. No daba tampoco los buenos días, ni las buenas noches ni las gracias, ni pedía perdón. No me cedía el paso, ni me abría la puerta ni me ayudaba a llevar una maleta. Paul no me decía lo guapa que estaba ni cuánto me quería. No lo hacía y me dolía, pero yo nunca protestaba. Paul era así, «despegadito», como me gustaba repetir; muchos ingleses lo son, y no debía de tomármelo a mal.

También cabía la posibilidad de que Paul estuviese tan abstraído en lo suyo que no nos viera. Y empleo el plural porque no siempre me lo tomo como algo personal. En las comidas suele empezar a comer el primero, esté con quien esté, sin miramientos, y cuando ha terminado, no oculta su incomodidad, sus ganas de levantarse.

Pasados unos años cometí el típico error de quererlo cambiar. Lo de las comidas, no. Me daba tanto apuro recordárselo que después de varios intentos lo dejé correr. Pero para el resto ahí estaba yo tratando de educarlo: «Cariño, soy yo, aquí estoy, un detalle por favor». Un proceso lento, un corregir y pulir, en el que no me reconocía, por más que no olvidara de acompañar mis reproches con una sonrisa. Contra todo pronóstico, funcionó. Incluso sus amigos advirtieron la transformación: «Hay que ver qué atento, qué cariñoso, qué feliz se le ve a Paul contigo, jamás ha estado así». Pero se ha vuelto a relajar, y a mí ya no me duele que no me vea, ahora me ataca los nervios.

Espero a que mis hijas se vayan de casa para salir del cuarto de baño. Mientras recojo cuatro cosas y lleno una pequeña mochila, oigo tras los cristales forrados de plástico a los obreros riéndose en los andamios. Me pregunto si alguno de ellos se habrá ido de casa sin despedirse, sin besar a su mujer esta mañana.

Un par de horas más tarde, tras una larga caminata por la sierra de Collserola, bajo con el coche por la calle Balmes aún obsesionada, sin poder salir del bucle. ¿Qué le ocurre a Paul?

¿Qué nos está ocurriendo a los dos? Al menos en el pasado encontraba siempre argumentos para disculparlo. ¿Que estando yo embarazada de ocho meses Paul se iba un mes a Japón y no me llamaba ni podía localizarlo en caso de que se me adelantara el parto? Tranquila, me decía, no se da cuenta, no lo hace para fastidiar. Ahora no puedo tomarme las cosas con la misma distancia, ¿por qué diablos ahora me afecta tanto?

Tal vez porque sospecho que Paul no está siendo leal. Me está ocultando algo.

27

$\mathcal{A}$bandono la consulta del terapeuta repasando la conversación que hemos mantenido. Cada semana hablamos y hablamos, ambos nos esforzamos en hallar el origen de mi ansiedad. Hasta hace un par de años yo vinculaba la ansiedad a las personas irritables o con un exceso de trabajo. Nada más lejos de la realidad.

Frente a La Pedrera me encuentro con una larga cola que atravieso procurando no rozar a nadie, perdón, perdón, gracias, gracias, hasta conseguir llegar a la gran entrada, una puerta de hierro forjado y vidrio en forma de tela de araña, o de alas de mariposa, como oí que contaba una de las guías. En el vestíbulo, un grupo de niños y niñas de entre diez y doce años alborotando: un colegio que ha venido de excursión. Esquivo al grupo y en dos zancadas alcanzo una de las joyas de la casa, el viejo ascensor que me subirá traqueteando al tercero.

En el rellano me espera una sorpresa.

—¡Tico! —Sorprendida, me abalanzo a sus brazos—. ¿Qué haces tú por aquí?

Tico es un antiguo amor. Vivimos tres años juntos a las afueras de Marbella después de haberme separado de mi primer marido.

—*Eh bien, je viens de Paris et...*

Se le ve contento. Me cuenta que está de paso, porque ha estado unos días en París con su hijo y que esta noche regresa a Marbella, donde sigue viviendo.

Hago un gesto con la mano y lo invito a pasar.

—*Ma chérie.*

Me hace reír. Su tono de voz es de lo más seductor.

El salón comedor es un gran espacio que da a la fachada principal y a media tarde no hay ruidos, se han ido los obreros y por unas horas habrá calma en los andamios.

—Precioso —exclama deslizando la vista por el techo y las paredes—. Qué acertado el color.

Hace mucho que no nos vemos, y me doy cuenta de que la conversación no discurre con facilidad. Le ofrezco algo de beber y aprovecha para decirme que ya no bebe alcohol. En la mesita, al lado de las dos butacas donde hemos tomado asiento, hay un ramo de claveles que huele mal. Pueden ser las flores o el agua pero el olor es nauseabundo, la excusa perfecta para coger el florero y desaparecer unos segundos tras la puerta corredera que nos separa de la cocina.

—Es de locos. —Alza la voz cuando regreso, señalando el parqué y las molduras que decoran los marcos de las puertas—. Es de locos, sí —dice cambiando de postura en la estrecha butaca y agradeciéndome con un guiño el vaso de agua que le he dejado sobre la mesita.

Sonrío de felicidad al verlo disfrutar. Con todo, la sonrisa a veces no basta, y me esfuerzo en llenar el silencio con tonterías, o con frases hechas que no van para nada con nosotros. Odio esa verborrea postiza y sin sentido, así que decido cortarla y me levanto de nuevo para ir a buscar mis novelas publicadas.

—*As-tu écrit ces livres?* —pregunta cuando se las ofrezco.

—Claro… —Le muestro orgullosa mi nombre en la cubierta.

Me siento sobre la alfombra y apoyo la espalda en la butaca. Mientras me masajeo con disimulo el abdomen, observo cómo examina los ejemplares. Tico debe de rondar los setenta años, unos doce más que yo, pero sigue siendo atractivo. Tiene uno de esos rostros rotundos de huesos marcados, una estructura ósea que resiste bien el paso del tiempo, y ha sabido mantener a raya la barriga. Algo que no puedo dejar de envidiar, pienso acariciándome de nuevo la mía.

Recuerdo a Tico en su casa de Marbella, silbando con un porro de hierba en la mano mientras cocinaba un cuscús, encalaba las paredes de una habitación o regaba las plantas del jardín. Escenas habituales después de haber salido de marcha tres o cuatro noches, en las que no se acercaba a casa ni por equivocación. Cuando al final lo hacía, había que verlo: la expresión desencajada, no recordaba dónde había dejado el coche o la cartera, y apestaba a alcohol. Un infierno al que no podía renunciar, que lo avergonzaba y que lo forzaba a portarse bien unos días para recuperarse. Y ahí estaba yo, una cría de veintitantos años que se sentía la mujer más feliz del mundo en cuanto su amor decidía aparecer. Disfrutaba de ese breve periodo de calma, disfrutaba sobre todo de tener a mi novio solo para mí. *Je t'aime, tu es ma femme.* Doctor Jekyll y Míster Hyde. Vivir con él era un vivir al día y al límite, lo más alejado del equilibrio y la seguridad que se pueda imaginar.

—Veo que sigues por los suelos…

Su voz me saca del ensimismamiento. Enderezo la espalda y cambio la posición de las piernas sobre la alfombra.

Tico ya estuvo aquí una vez. Vino por la mañana y se quedó a comer. Por lo visto, asistió a una de mis discusiones con Paul, uno de nuestros famosos tira y afloja sobre si debíamos tener, o no, un sofá en casa.

Intento sonreír, pero no estoy segura de conseguirlo:

—Me he comprado una *chaise longue* en Ikea. La tengo en la salita de atrás, junto a los libros, al menos puedo ponerme cómoda para leer…

Se levanta y se dirige a la mesa del comedor, donde al llegar ha depositado un maletín de piel.

—¿Sabes que voy a clases de canto?

31

Saca una libreta de espiral muy abultada, se acerca, la abre por las últimas hojas y me muestra el dibujo de unos pulmones. Le señalo la alfombra, se sienta junto a mí y se extiende en explicaciones. Me habla de su profesora andaluza, de cómo le enseña a ejercitar la musculatura pectoral y abdominal, de los tipos de respiración y de la importancia que tienen para cantar. Luego rebusca entre las páginas con sumo cuidado y me muestra unos papelitos de diferentes medidas con la letra de varias canciones. De repente, y ante mi sorpresa, se levanta y empieza a cantar a capela *Sous le ciel de Paris,* de la Piaf. Canta muy alto y con sentimiento. Pone caras, alarga los brazos hacia mí, que permanezco sentada en el suelo. Me entra una risa potente y gustosa que añoraba, pero Tico no se ríe, en mitad del salón y con los brazos abiertos sigue cantando a viva voz. Ahora entona el *Ne me quite pas,* de Jacques Brel. Me obligo a parar de reír ya que empiezo a intuir por dónde van los tiros. Yo acabo de regalarle unos libros escritos por mí y él me corresponde con unas canciones interpretadas por él. Tiene su lógica, aunque no niego que al principio ha conseguido desconcertarme.

Oigo moverse a Chanel, la interina que trabaja en casa, detrás de la gruesa puerta corredera de la cocina. Hace rato que debería haberse marchado. O está pasándoselo muy bien o no me quiere dejar en manos de un chiflado. Tico sigue cantando de pie en medio del salón. Aznavour, Brel, Brasssens. *La chanson française,* que me apasiona. De vez en cuando, aplaudo con ganas. Estoy disfrutando con el espectáculo y me imagino que Chanel también. Tico me coge de la mano, tira de mí con fuerza para incorporarme y propone dar una vuelta por el piso.

«Lo recordaba distinto —afirma avanzando junto a mí por el pasillo—. Y no me refiero al cambio de color de las paredes.» Me pasa el brazo por la cintura y me acerca a él. Le comento que el piso está vivo y que se va transformando con las necesidades de la familia a medida que transcurren los años. Han desaparecido los juguetes, ha crecido el número de libros, que ya no caben en las estanterías y están apilados por los rincones, y puedo que descubra alguna alfombra de más. No sé si Tico me escucha porque está mirando por uno de los seis ventanales que dan al patio y llenan la casa de luz. Observa con detenimiento nuestro patio interior, dirige después la vista hacia arriba, hacia la azotea, con sus enormes columnas y torres de ventilación, atestada a esta hora de visitantes. Es un espectáculo. Llevo años viviendo aquí y todavía me conmueve.

Avanzamos unos metros y se detiene de nuevo, ahora frente a la vitrina alta de madera que perteneció a un taxidermista de la plaza Real. En ella tenemos expuestos objetos sin ningún valor económico, pero que por una razón u otra nos apetece tener a la vista: el cordón umbilical de una de nuestras hijas; un monigote hecho en plastilina por su hermana; el primer Mac que entró en la casa; la colilla del último cigarrillo que fumé; mis primeras gafas de lectura; un cuaderno que nos regaló Mariscal con divertidos dibujos de los cuatro miembros de la familia, y que ha quedado abierto en el dibujo de un ave humeante donde debajo está escrito «Iban a cenar pato chino»; la maqueta en miniatura de la que un día creímos que sería la casa de nuestros sueños en Mallorca, y que no llegó a construirse; un zapato de hombre que encontramos en medio de la nada la primera vez que fuimos al desierto. Un montón de curiosidades, de objetos evocadores y queridos.

Recuerdo que mis hijas y sus amigas, cuando eran pequeñas y el pasillo estaba pintado de color verde oscuro, tenían miedo de recorrerlo por la noche, y en especial de acercarse a esta vitrina. También que la pequeña lo recorría de día en patinete con cara de velocidad y los rizos al viento.

—Perdona, ¿te importa si hago fotos? —pregunta Tico ajeno por completo a mis pensamientos.

Tico no estaría mejor en ningún otro sitio y eso se nota. Le encanta esta casa, le encanta Gaudí, para él fue un flechazo, un amor a primera vista.

Aprovecho que está entretenido eligiendo los encuadres para desaparecer tras la puerta del lavabo. Desde que empecé a encontrarme mal me cuesta reconocerme en el espejo. Blanca como la cera, me ha cambiado la expresión, la mirada ausente. Un par de brochazos de colorete, un poquito de barra de labios, desordeno los rizos de la melena con los dedos y me perfumo. Al salir paso la palma de la mano por los radiadores. Están ardiendo, pero como los espacios son grandes, los techos altos y las ventanas no ajustan, pienso a menudo que la calefacción ha dejado de funcionar. De vuelta al salón, dudo si comentarle a Tico que he decidido escribir sobre La Pedrera, no sobre el edificio en sí, sino sobre esa especie en vías de extinción que somos los inquilinos. Una recopilación de anécdotas y confidencias, como la selección de objetos desplegada en nuestra vitrina. Pero Tico está valorando las fotos que acaba de hacer a los artesonados en yeso de los techos y a las famosas manecillas de latón.

Me acerco a él y me inclino sobre la pantalla. Me fijo en que ha fotografiado varios de los objetos expuestos en nuestra vitrina, como una servilleta de papel con un dibujo que Keith Haring nos hizo a Paul y a mí una noche que cenamos con él meses antes de su muerte. También ha fotografiado cuadros: uno de los primeros de un Miquel Barceló en aquellos tiempos desconocido, otro de un jovencísimo Angel Jové, un Perico Pastor, un tapiz de Nani Marquina. Compañeros de aventuras, gente creativa de la que Paul se rodeó cuando llegó a Barcelona, y que yo he ido conociendo poco a poco gracias a él. Se detiene al pasar la última foto y llegar a la serie que ha hecho en casa de su hijo. Pascal es actor de teatro y vive en las afueras de París. Nada más verlo me emociono, me entran ganas de hablar con aquel niño que casi crie durante tres años. «Anda, Tico, por favor, vamos a llamarlo.»

—*Allo, chéri... Allo allo, tu es là?...*

Le cuenta que está conmigo en La Pedrera, le pregunta si me recuerda.

Me apodero del teléfono y lo primero que me dice Pascal es que ha pensado mucho en mí durante estos años. Al oírlo, los ojos se me llenan de lágrimas. Si ahora me lo cruzara por la calle no lo reconocería, y sin embargo tengo muy presente su carita angelical y su cuerpecillo tembloroso cuando se pegaba a mí en la cama las noches en que su padre salía, y pasaban las horas y no regresaba.

Empiezo a llorar. Tico se las ingenia para cogerme el teléfono, me roba un beso en los labios y hace bromas. Se esfuerza para salvar la situación. Un momento de bajón, de profunda emotividad que no acierto a relacionar con ningún sentimiento en concreto. Me acuerdo de Paul, que dice que estoy hecha de mala calidad, que soy una blanda. Me acuerdo después de mi terapeuta, que dice que el veinte por ciento de la población tiene hiperactivo el hemisferio derecho del cerebro, el de las emociones. Me interesa lo que me explica cada semana en las sesiones, aprendo mucho con él, pero no veo cómo poner fin a esta locura.

—*Voilà*. —Tico consulta el reloj y se guarda el iPhone en el bolsillo. La tarde ha pasado volando y debería estar ya en el aeropuerto—. Es un piso de artistas —dice recogiendo su maletín y echando un último vistazo alrededor.

Nos abrazamos en el rellano. Un abrazo profundo de gorila. Quizás me haga una visita otro día que pase por la ciudad, o quizás no lo vuelva a ver. Este último pensamiento hace que se me llenen los ojos de lágrimas otra vez. Disimulo. Ahora lo sé: echo de menos sus *je t'aime*, sus *chèries*, sus atenciones y mimos. Su calidez.

35

—¡*M*artina! —Alguien me llama cuando bajo por las escaleras.

—Hey, ¿qué tal?

Es Cristina, la coordinadora de azafatas de la casa, que baja detrás de mí.

—¡Te has dejado la puerta de tu piso abierta!

¡Vaya!

Cierro y comienzo de nuevo a bajar por las escaleras, casi sin rozar los peldaños. Se trata de alcanzar cuanto antes el sótano de La Pedrera, lo que ahora es el auditorio y hace años el garaje en el que yo aparcaba.

En pocos minutos tendrá lugar una charla entre la periodista Maruja Torres y la fotógrafa Colita para presentar una retrospectiva de la obra de esta última, que se ha abierto al público en la planta principal, dedicada a las exposiciones temporales. Llevo unas semanas tratando de distraerme, de asistir a más eventos de los habituales para compensar la oscuridad que reina en casa. En el salón, donde antes mis balcones con plantas lo inundaban todo de luz, ahora hay unos plásticos opacos que cubren por completo los cristales; tras ellos, la estructura de los andamios se entremezcla con el hierro forjado de las barandillas y, para terminar, un par de lonas: una con una reproducción exacta de la fachada del edificio, para que los turistas se hagan a la idea, y otra lona publicitaria. Plástico, metal, hierro y PVC, una estética industrial que solo deja pasar una luz mortecina, deprimente a cualquier hora.

En la escalera, a la altura del rellano del primero, me cruzo con una de las señoras de la limpieza. Nos sonreímos resignadas: «Aquí estamos, un día tras otro, un día más». Unos peldaños más abajo me detengo a saludar a Nuria, la abogada que trabaja en el segundo, en el bufete Ramos y Arroyo. Tras cruzar la portería, recorro la empinada rampa que conduce al auditorio con sumo cuidado para no caerme de los tacones. Me siento en la única butaca que queda libre. Colita es uno de los referentes de la fotografía catalana contemporánea, un icono de los años sesenta y setenta que, con Maruja Torres, forma una atractiva pareja. Entre las dos nos van acercando a un mundo de recuerdos e imágenes, acontecimientos que vivieron juntas y que todos escuchamos atentos, por momentos desternillados de risa.

Maruja y Colita hablan de personas que están y de otras que ya se fueron, unas conocidas en la ciudad y otras en el mundo entero. La charla se me hace cortísima y me levanto del asiento de mala gana. No me apetece subir a casa, pese a que el dolor de barriga me da mala vida y la medicación me deja planchada. El piso sumergido en unas obras que van para largo, un marido distante... No sé, me encantaría irme con Colita y Maruja a donde fuera. Que me siguieran explicando cosas de la Gauche Divine, de las excentricidades de ciertos personajes que aún se mueven por Barcelona, de aquella forma de vivir tan poco convencional y glamurosa.

En la portería se forman grupos con la gente que ha ido abandonando el auditorio. El murmullo de las voces y el chasquido de la pesada puerta al cerrarse una y otra vez se elevan a través del patio interior. El ajetreo en La Pedrera es constante: conciertos, conferencias y actos de diversa índole en el auditorio; exposiciones en la planta principal; visitas al edificio; talleres familiares los fines de semana; servicios educativos para escuelas; jazz en directo las noches de verano en la terraza y, últimamente, celebraciones de todo tipo, como bodas, cenas de gala, entregas de premios o comidas de empresa que la Fundación, propietaria ahora de La Pedrera, acoge en sus salas para sacar partido a estas piedras. A esto hay que sumarle el colectivo de personas que trabaja en el inmueble: seguridad las veinticuatro horas; azafatas; personal de limpieza y de mantenimiento; los empleados de los comercios y las diferentes oficinas... Los vecinos solo somos siete. A principios de 2014, quedan dos en el ala que da al paseo de Gracia y cinco en la de Provenza y, de estos cinco, cuatro somos nosotros: Paul, nuestras dos hijas y yo. Siete vecinos en total, siete personas que dormimos cada noche en la casa. ¡Siete! Una paradoja, teniendo en cuenta que originalmente el edificio estuvo destinado a viviendas.

*P*aul y yo nos encontramos al mediodía sentados a la mesa frente a dos platos de pasta. Él y yo solos en un espacio enorme iluminado por la luz de una bombilla. Los operarios trabajan sobre los andamios a pocos metros de nosotros. Se distinguen sus formas y movimientos a través de los plásticos opacos que cubren los cristales. Me sirvo una copa de vino blanco tratando de no mirar alrededor: los muebles tapados con sábanas y las alfombras enrolladas. Paul ha apagado los radiadores de esta zona, porque no tiene sentido mantenerlos en funcionamiento. Oscuridad, ruido, polvo y frío.

Yo arrastro un buen cabreo. Ayer me hacía ilusión ir al cine a ver *Suite francesa*. Había leído la novela y sentía curiosidad por cómo resultaría la historia en la pantalla. Paul se desentendió: según las críticas, la película era una porquería. Iría yo sola. Pero en el último momento me angustié, tuve miedo de sufrir lo que he aprendido a identificar como una crisis de ansiedad, que si te coge encajonada en medio de la gente se multiplica por mil, y opté por quedarme en casa. Paul, que me suponía en el cine y que vuelve del trabajo siempre a la misma hora, ayer llegó con retraso.

Espero que termine sus raviolis rellenos de verdura para preguntar:

—¿Qué tal en el estudio?

—Bien —contesta sin levantar la mirada.

Al retirar los platos lo intento de nuevo:

—Ayer a última hora tuviste mucho trabajo, ¿no?

—Lo normal —dice examinando con la vista una lámina de parqué que se ha levantado.

La mayoría de las veces hablar es cansino. Se come mejor con la boca cerrada y no hace ninguna falta convertir el comedor en un gallinero, pero de un tiempo a esta parte no soporto estos silencios tensos que se prolongan durante días.

Una buena amiga recuerda que un día estábamos en la playa y le comenté que mis dos hijas habían tardado mucho en hablar. Ella se extrañó y preguntó el motivo. Y yo, con un cierto orgullo, le aseguré que Paul y yo teníamos la facultad de no dirigirnos la palabra durante horas sin sentirnos incómodos, y que seguramente por eso las niñas habían tardado tanto en soltar sus primeras frases. Mi amiga aún se ríe y cuenta los esfuerzos que tuvo que hacer para disimular la extrañeza que le produjo mi confidencia y no seguir preguntándome detalles sobre el tema.

Desde la cocina oigo el golpe característico de la puerta de entrada. Paul le está cogiendo el gusto a desaparecer sin más. No ha esperado ni a tomarse el café. Cada día va más rápido. Cojo el móvil y lo llamo, aún no habrá llegado a la portería. No contesta, lo vuelvo a llamar, salta el buzón de voz. Enviaré un wasap. Barajo varias frases y al final escribo: «Llama cuando tengas un momento libre». Lo envío sabiendo que no lo hará.

Aun así, cada medio minuto echo una ojeada al móvil. No lo suelto ni para ir al váter. Nada. Paul no da señales de vida. Respiro hondo y trato de no alterarme. Una de las primeras cosas que aprendí al comenzar a escribir fue escuchar las razones de todos y cada uno de los personajes que aparecen en una novela. Escuchar sus razones y procurar comprenderlas. Pero con Paul no lo consigo, no entiendo por qué está tan antipático en casa.

Doy un trago largo de agua a la botella que procuro tener siempre a mano. Dejo la botella junto al ordenador y me repito que la ansiedad no va a poder conmigo, y más desde que me entere de que, por muy fuerte que sea el dolor en el abdomen, los jadeos y mareos, la ansiedad no me quitará de en medio.

Con toda la tarde por delante me siento delante de la pantalla y me aseguro por última vez de que Paul no haya leído el wasap que le he enviado. No lo ha hecho, así que apago el móvil. Desde niña me he aferrado a la escritura, construir otro mundo y moverme por él me acompaña. Acerco las manos al teclado, abro un documento nuevo y desempolvando mi voz más académica comienzo a escribir un primer borrador sobre la historia de la casa. Estamos en marzo, hace un mes que debía haber empezado.

La Pedrera se construyó a principios del siglo pasado. Ciertas familias de la aristocracia y la burguesía, enriquecidas por el desarrollo de la industria y el comercio, abandonaron el casco antiguo de la ciudad y se desplazaron hacia la parte alta, un extenso terreno repleto de solares, buscando mejorar sus condiciones de vida. Encargaron la construcción de torres y palacetes, para más adelante, en una segunda fase, decantarse por las viviendas plurifamiliares. Entre 1900 y 1914, el paseo de Gracia se consolidó como el principal centro residencial burgués, donde los cocheros uniformados pronto abandonarían los coches de caballos, aprenderían a conducir y llevarían a sus amos en automóvil, todo un signo de modernidad y estatus. Una calle por donde las grandes familias barcelonesas, muy exigentes con la estética, al igual que con su comportamiento y protocolo, se vanagloriaban de su flamante condición.

Las mujeres seguían los dictados de la moda de París: paraguas para resguardarse del sol, sombreros, largos vestidos de mangas jamón y corsés que remarcaban la silueta en dos partes. Los hombres solían llevar mostacho, barba y sombrero hongo de ala estrecha acompañado de bastón y levita. En una cierta zona y en un determinado estrato social todo relucía, y la pequeña y provinciana Barcelona, impulsada por un sector

43

de la burguesía, se puso a la altura de las grandes capitales, algo que no volvería a ocurrir hasta finalizar el siglo, gracias a los Juegos Olímpicos.

Y en ese marco de una Barcelona próspera y mundana, en 1905, el matrimonio formado por Roser Segimón (doña Rosario) y Pere Milà (don Pedro, Perico para los amigos) compró un chalé en el chaflán del paseo de Gracia con Provenza con el propósito de derribarlo y construirse su propia vivienda. Impresionados por el trabajo de Antoni Gaudí en la Casa Batlló, encargaron al arquitecto la obra, que se llevaría a cabo con el dinero que Roser había heredado de su primer y difunto marido, Josep Guardiola, un indiano que, después de hacer las Américas, había regresado a su pueblo natal con una hija mulata y unos veinte millones de pesetas en efectivo, toda una fortuna para la época.

Doña Rosario había enviudado con treinta y pocos años y era una mujer rica. Se instaló unas semanas en el balneario francés de Vichy y allí coincidió con Pere Milà, miembro de una familia textil muy conocida en Barcelona, con contactos en el Partido Conservador y en la Juventud Monárquica. Pere era un mujeriego, un *bon vivant*, un hombre aficionado a las corridas de toros, a las carreras de coches, al casino y a los cabarés. Comenzó a cortejar a Rosario en cuanto la conoció. Pasado un año, ella dudaba aún si le convenía aquella relación. Un día, Pere, impaciente porque ella no tomaba una decisión, le mandó dos rosas, una blanca y otra roja, diciéndole que si salía a pasear con la rosa roja en el ojal del vestido significaría que lo aceptaba. Y así fue: Rosario apareció en público exhibiendo la rosa roja en el ojal, y poco después, en el año 1905, Pere Milà y Roser Segimón celebraron una gran boda. La ceremonia coincidió en el tiempo con el auge del modernismo, un movimiento que, por esas fechas, ya declinaba en Europa, pero que en Cataluña se prolongaría una década más.

Mientras tanto, la cuadrícula que había ideado Ildefonso

44

Cerdà para el Ensanche barcelonés se había ido poblando de unas construcciones nunca vistas. Impulsadas por unas familias ávidas por tener la casa más espectacular en el paseo de moda, estas construcciones enriquecieron la ciudad, aunque el festival estético apenas duró un suspiro. Con la llegada del *noucentisme*, un movimiento mucho más austero, los nuevos edificios pasaron a ser considerados una extravagancia imperdonable. El descrédito era general, la audacia creativa de los nuevos arquitectos no solo molestaba a la mayoría de la clase acomodada, sino que, prácticamente, la intelectualidad al completo militaba contra el modernismo. El menosprecio llegó al extremo de que en un futuro nada lejano se llegarían a tapar e incluso eliminar algunas joyas que hoy en día solo podemos apreciar en fotografía.

Gaudí entregó al Ayuntamiento los planos definitivos de La Pedrera en 1906 y, tras abonar algunas multas, por lo mucho que el edificio se salía de la normativa y de ciertas discrepancias con el matrimonio Milà-Segimón, en octubre de 1912 se certificó el final de las obras: la casa estaba terminada y en disposición de ser habitada. A pesar del lujo de la nueva residencia, ni las formas ni los acabados satisfacían a la pareja. Esto, unido a que en Barcelona se ironizaba y se contaban chistes a propósito del singular edificio, hizo que cayera en desgracia. Sin embargo, el desastre ya estaba consumado y los pisos poco a poco se fueron alquilando. El cónsul de Argentina en Barcelona y Paco Abadal (un famoso ciclista) fueron los primeros en ocupar el inmueble.

Los Milà llevaban la vida normal de una pareja de la alta burguesía, una rutina tranquila en un piso de 1350 metros cuadrados, luminoso y aireado, con mucho personal de servicio. Disponían de coche de caballos y automóvil, un palco en el Liceo y la torre de Blanes para el verano, herencia del primer marido de Roser. Pere Milà atendía sus asuntos, se divertía con los amigos y mantenía a alguna querida, algo habitual en aquellos años, y Roser lo acompañaba al Liceo, al teatro o a las fiestas de sociedad. Su papel era encargarse de organizar las tareas domésticas y recibir visitas. Solía entretenerse sentada en las balconadas para observar la calle, practicando al piano o asistiendo a los oficios religiosos; también abandonaba durante unas horas su espacioso piso para acompañar a los enfermos en los hospitales y para visitar a la modista.

Un tipo de vida aparentemente despreocupado que queda muy bien reflejado en *Antes de que el tiempo lo borre*, el documental que se realizó sobre la familia Baladía, que también ocupó durante unos años un piso en La Pedrera, donde Teresa Mestre, señora de Baladía y una belleza de mujer, conoció a Eugeni d'Ors y le inspiró uno de los personajes más inolvidables de la literatura catalana, *La Ben Plantada*.

En 1936, con el comienzo de la Guerra Civil, los Milà, como el resto de inquilinos, huyeron de la casa. En los bajos, una vez requisados los negocios, se estableció el Partido Obrero de Unificación Marxista, el POUM. En el principal, donde vivía el matrimonio Milà, se acomodó el Partido Socialista Unificado de Catalunya (PSUC), y su secretario general, Joan Comorera, ubicó allí su residencia particular. En el sótano se construyó un búnker, y en uno de los pisos altos (me temo que en el nuestro), una de las muchas checas que proliferaban entonces por Barcelona.

Al terminar la guerra, los Milà regresaron a La Pedrera y volvieron a instalarse en el principal, que afortunadamente no había sido objeto de saqueos ni sufrido grandes destrozos. Pere fallecería muy pronto y Roser, que lo sobrevivió unos veinte años, se quedó en compañía de sus guacamayos Gonzalo, de color rojo, y Amaya, de color azul, que tomaban el sol sujetos con una cadenita en el gran balcón del chaflán.

Poco después de quedarse viuda, Roser comenzó unas nuevas reformas en el piso. Las primeras las había realizado tras el fallecimiento de Gaudí: tiró algunos tabiques, pues se quejaba de que no se podía amueblar un piso con las paredes torcidas y columnas en los baños. En esta ocasión, sin tener que rendir cuentas ni al arquitecto ni a su marido, doña Roser encargó una reforma total de la planta noble. La idea era decorar la vivienda al estilo Luis XVI, una renovación con la que se trató de eliminar todo rastro del estilo modernista y que resultó más complicada de lo que la propietaria imaginaba. La primera de tantas otras modificaciones que durante años destruirían el trabajo de Gaudí. Harta de vivir en un entorno que consideraba hostil, Roser se desprendió incluso de los muebles originales: paragüeros de marquetería y latón, banqueta con vitrinas laterales, grandes espejos con jardinera y otras piezas, junto a una selección de pinturas y esculturas que se hallan expuestas en la actualidad en el Museo del Modernismo de la ciudad.

Finalmente, Roser acabó vendiendo la casa, aunque siguió ocupando el piso principal hasta su muerte, a los noventa y dos años. Fue enterrada en el panteón central del cementerio de L'Aleixar, al lado de su primer marido, pese a que él había dejado como condición para que fuese enterrada allí que no se volviera a casar. Pero como dicen los notarios, «Nadie reina después de muerto», y así fue.

Roser Segimón, Inmobiliaria Provenza, Caixa Catalunya y la Fundación Catalunya-La Pedrera han sido, por este orden y hasta el día de hoy, los propietarios de La Pedrera. Estos cambios en la propiedad fueron acompañados de continuas transformaciones en el edificio. Las más apreciables: la división de muchos pisos para dar paso a otros más pequeños, los distintos negocios que nacieron en la planta baja y la creación de unos apartamentos bajo la azotea, en el desván que acogía los servicios de la casa. En uno de esos apartamentos, que se construyeron donde en un principio se ubicaron los trasteros, lavaderos, tendederos y la maquinaria de los ascensores, fue donde comenzó la historia de nuestra familia, la familia del tercero segunda de la escalera de Provenza.

$\mathcal{U}$n par de botellas de agua después sigo escribiendo en mi ordenador, tratando de hilvanar unos hechos muy anteriores a mi llegada a esta casa.

La Pedrera se inauguró en 1912 y Paul, que había decidido quedarse a vivir en Barcelona, se instaló allí en 1975. Escogió uno de los trece apartamentos de treinta metros cuadrados del desván (lo que ahora conforma el Espai Gaudí) encargados al arquitecto Barba Corsini con la intención de rentabilizar un espacio en desuso. Estaban numerados del 1 al 14, saltándose el número 13; se alquilaban con muebles y disponían de un ascensor propio, que subía directo desde la planta baja. Antes de cumplirse el año, diferentes amigos y amigas de Paul habían alquilado los doce dúplex restantes. Solteros de entre treinta y cuarenta años, buena parte de ellos adquiriría con el tiempo una gran reputación en sus respectivas profesiones.

Los apartamentos los gestionaba la señora encargada de hacer la limpieza, Elsa, que tenía las llaves de todos y que, además de limpiar y ordenar, recogía y lavaba la ropa. Mamá Elsa cuidaba como una madre a quienquiera que se alojara en las viviendas del desván; todas las personas con las que he hablado la recuerdan como una institución. A partir de las ocho de la tarde, los dúplex cobraban vida, y cuando Paul y sus amigos volvían de trabajar encontraban la puerta de alguno abierta invitándolos a pasar, u oían música en el interior de otro y llamaban para entrar. Se compartían amigos y novias, y se celebraban fiestas en el pasillo que unía los diferentes espacios. He oído a Paul contar que durante un año solo salió del edificio para ir a trabajar. Siempre sucedían cosas que no se quería perder. Y cuando se tuvo que ausentar unas semanas y le dejó prestado el apartamento al director de cine Bigas Luna, este montó una fiesta muy sonada en la terraza. «La mayoría de los modernos de Barcelona —afirma Carmen Solá, Carmeta, una de las inquilinas actuales de la casa—, en un momento u otro se había dejado caer por los apartamentos de La Pedrera.»

Carmeta, que trabajó en las galerías Vinçon, la mítica tienda de diseño y buen rollo de la ciudad, lleva casi cuarenta años viviendo aquí. Los últimos en un pequeño piso de la primera planta, y los doce anteriores en uno de los trece dúplex, donde nació su hijo Bruno. «Éramos la envidia de todos: jóvenes, libres, con trabajo y con dinero. No es fácil que aquello se vuelva a repetir», me comentó no hace mucho, una de las pocas veces que en veintiséis años he coincidido con ella en el ascensor.

Paul vivió en uno de los trece dúplex hasta que quedó vacío el piso que ocupamos en la actualidad. Llevaba mucho tiempo detrás de alquilar una de las viviendas grandes cuando el conserje le anunció que uno de los terceros de la escalera de Provenza había quedado disponible de la noche a la mañana. El señor Sérvole, un hombre mayor y viudo, hacía años que quería irse a Menorca, pero afrontar una mudanza, seleccionar lo que se llevaba consigo y lo que dejaba, abandonar parte de sus bienes y trasladar el resto le pesaba mucho. Sin embargo, un buen día, después de tomarse el cruasán que cada mañana le subía el conserje, el anciano cerró la puerta del piso, dejó las llaves sobre la repisa del garito de la portería y se fue con lo puesto. Tal cual. Se fue para no volver dejando la mesa del desayuno intacta, su café con leche a medias, la cama deshecha y sin llevarse nada. Unos días más tarde, Paul contactó con él por teléfono. De inmediato llegaron a un acuerdo: una cantidad de dinero a modo de compensación por el mobiliario. Paul tardó dos meses en mudarse, pero cada tarde, al salir del trabajo, iba al piso para curiosear, para seleccionar los objetos que se quedaba. Y tras pintar de color oscuro las paredes, se decidió y tomó posesión de la vivienda tal y como la había dejado Sérvole.

Vajillas, cristalerías y cubiertos en los aparadores del *office*. Cacerolas, sartenes y demás utensilios repartidos por la cocina. Estantes cargados de sábanas, colchas, manteles y servilletas en el cuarto de la plancha. Objetos personales por doquier, en especial en la habitación de los armarios. Una habitación equipada con unos armarios empotrados tan altos que era necesario subirse a una escalera para alcanzar la parte superior y que estaban abarrotados de restos de lo que había sido la travesía del señor Sérvole en esta ciudad. Su pasaporte de la época de la República, un pase de empleado para una exposición textil, unos recibos de la Berlitz School of Languages, un carné de afiliado de la Falange Española, montones de periódicos clasificados y atados con cintas, una gran variedad de cajetillas de cigarrillos vacías, cajones con cordeles ligados formando ovillos y, por supuesto, ropa a mansalva, mucha de la cual —como americanas, pantalones, tirantes o cinturones— aún utiliza Paul.

Para mí, lo más entrañable fueron dos cajas forradas con un tejido de flores que aparecieron en lo alto de un armario donde la familia guardaba unos vestidos infantiles envueltos en papel de seda, que más adelante lucirían mis hijas. Y es que hubo unos años, cuando las niñas eran pequeñas, que tanto ellas como su padre, que no es de gastar y le exaspera ir de compras, iban vestidos con la ropa de los Sérvole. Con ropa «de la casa», como le gustaba aclarar a Paul, que como buen inglés nunca ha hecho ascos a la segunda mano.

Yo aterricé en una vivienda que ya estaba montada, atestada de objetos con un pasado para mí desconocido. Objetos de la familia Sérvole, de Paul y de la última pareja de Paul, que no encontraba el momento de llevarse sus cosas. «Casi mejor que vengas a vivir a La Pedrera, ¿no?», me dijo Paul al brindar para

51

celebrar la noticia de mi embarazo. La casa estaba repleta, con un cuarto habilitado para trastos rebosante, y en los armarios no cabía ni un alfiler. Fui ubicando mis efectos personales (a los que Paul llamaba con ironía «mi dote») donde buenamente pude, tratando de no molestar. Pero la ropa no hubo forma de colocarla en ningún rincón, y permaneció extendida en montoncitos por el suelo del pasillo durante varios meses. Yo, que soy de viajar con la maleta medio vacía, no me encontraba cómoda. Había aterrizado en una vivienda museo en la que cualquier objeto tenía su historia. Pero no era la mía.

El embarazo de mi primera hija me empujaba hacia una vida estable, pero sentía que aquel lugar no era el marco ideal para empezar una nueva etapa. Me sentía una intrusa, una okupa en la que se suponía que era mi casa. Ni el conserje sabía de mi existencia. Trabajaba entonces en el mundo de la moda y, al fin y al cabo, solo iba a La Pedrera unas pocas horas para dormir.

Parte de mi incomodidad la eliminé en un arrebato. Una mañana que no me sonó el despertador me crucé en la entrada con la antigua señora de la limpieza:

—Por favor, saque toda la ropa de mujer de los armarios, y déjela en montoncitos sobre el suelo del pasillo.

No tenía nada contra la expareja de Paul pero ya iba siendo hora de que se hiciera cargo de sus cosas. Estaba a punto de dar a luz y me negaba a tener la ropa diseminada por el piso como si estuviera de acampada.

La interina me miró raro.

—No se preocupe. Esta noche le digo a Paul que avise para que vengan a recogerla.

Cogí el bolso y me fui a trabajar.

$\mathcal{V}$iene a mi memoria aquel primer invierno. Había mucho movimiento en el edificio. La Caixa de Catalunya acababa de comprar la finca con la idea de devolverle al edificio el esplendor perdido y convertirlo en un centro cultural. Objetivos que solo podían lograrse desalojando a todos los inquilinos, empezando por los de los apartamentos, ya que al no ser originales de Gaudí pretendían derribarlos. Además, en paralelo a este proceso de indemnizaciones y pocos meses después de que yo me instalara, comenzaron las primeras obras, las más completas que se han hecho. Duraron alrededor de año y medio, y nos dejaron a la intemperie. Sin cristales, ni persianas ni marcos de ventanas. Las maderas se habían podrido con los años, había que cambiarlas, y los obreros trabajaban también dentro de los pisos. Con aquellos grandes agujeros en las paredes no había diferencia entre vivir fuera o dentro de la casa. Pasé muchísimo frío. Guardo la imagen de una Martina muy joven tecleando en su vieja Olivetti envuelta en mantas y, aun así, tiritando congelada.

De aquellos días recuerdo en concreto el de Navidad. Tenía el piso, la mesa, la comida, todo preparado, me había esforzado al máximo, y faltaban pocos minutos para las dos del mediodía cuando sonó el timbre. Eran ellos. El hermano, la cuñada y los sobrinos. La familia de Paul, a la que todavía no conocía, acababa de aterrizar en Barcelona y venía a comer. Antes de que tuviera tiempo de saludarlos, noté cómo un animal casi más ancho que alto con una mancha rosa en la cabeza y un lazo rojo en el cuello me pasaba entre las piernas y me hacía tambalear sobre mis tacones. Yo estaba embarazada de mi hija mayor y la familia de Paul había estimado que lo único que faltaba para redondear nuestra felicidad era poner un perro en nuestras vidas.

Las anteriores parejas de Paul habían tenido mascota y debieron suponer que echaría de menos una. Paul siempre ha tenido una curiosa atracción por lo raro y, en cuanto a perros, los que más le gustaban eran de la raza bull terrier. Y era justamente un bull terrier lo que había pasado como una estampida entre mis piernas antes de recorrer el largo pasillo y entrar disparado en la cocina. Lo seguí. La familia entera me siguió a mí. Y nos lo encontramos, cabeza abajo, dentro del cubo de la basura sacando con las patas delanteras los restos de la comida de Navidad. Y mientras nos mirábamos unos a otros consternados y mi sobrino aprovechaba para bautizar al animal con el nombre de Porc, la criatura había puesto rumbo al salón, donde se entretuvo un buen rato mordisqueando sobre la alfombra dos puntas de jamón serrano.

Cualquiera le hacía ascos al regalo de Navidad de mi familia política, enamoradísima como estaba de Paul y deseosa de que la primera comida familiar resultara un éxito. Pero la realidad es que nunca he sido muy de perros y aquello era una jugarreta. Miraba de reojo a Porc mientras comíamos; con aquella mandíbula dura que sonaba a hueco y sus ojos asesinos, no podía parecerme más feo.

No transcurrió mucho tiempo hasta que todos mis recelos confirmaran lo peor. Aquel animal era una bestia, tenía mucha energía y no había forma de conectar con él. Enseguida me informé: a los bull terrier los utilizan en el campo para entrenar a los toros, para hacerlos correr; son animales de gran resistencia que no pueden permanecer encerrados, que precisan de mucho ejercicio y, sobre todo, requieren mano dura. Estaba claro, aquel animal no era el idóneo para una mujer embarazada que vivía en un tercer piso, más entresuelo y principal, en el centro de la ciudad. Sin embargo, me esforcé.

Recuerdo los meses que duró la reparación del ascensor. Cambiaron la maquinaria y restauraron la preciosa cabina de madera. Yo salía dos veces al día a pasear a Porc. Éramos la atracción del barrio: él tiraba de mí por la calle y yo casi corría detrás de él melena al viento, flaca como un fideo y con una barriga de escándalo. Lo peor era al volver a casa. Cinco pisos sin ascensor, con unos escalones de mármol anchos y altos. Tiraba de la correa y él no quería subir, anclaba obstinado sus cortas y robustas patas al suelo y me miraba retándome: yo no subo, tú verás. Y yo tiraba de la correa con más fuerza. No había forma. Entonces pasábamos de ser la atracción de la calle a la atracción de los vecinos, y así fue durante mucho tiempo.

Tengo muy presente su mandíbula. Era lo más parecido a una trituradora: no había nada que se resistiera a sus colmillos. La palanca del cambio de marchas del coche, las patas de las butacas, un abrigo, una americana, un sinfín de cosas arruinadas. Incluso la escultura de un perro hecha con pelo humano quedó trasquilada. No nos podíamos relajar. Por amor, aguanté a Porc varios meses, aun en contra de mi madre, que insistía en que cuanto antes se fuera mejor, que ella ni loca dejaba a un recién nacido con aquel bárbaro. El último día que pasamos juntos fue un día de mucho calor de finales de junio, las ventanas estaban abiertas y yo, a menos de una semana de salir de cuentas, estaba tranquila leyendo una novela sobre la cama. Sonó el teléfono. Dejé el libro de lado mientras hablaba. Porc se acercó, lo cogió, se lo llevó a un rincón de la habitación y empezó poco a poco, muy poco a poco, a masticarlo, mirándome fijamente. Los ojos alargados y rasgados, la mirada desafiante. Masticaba las hojas del libro y las engullía. Yo mantenía el teléfono pegado a la oreja, miraba al perro y no me lo podía creer. Se estaba comiendo mi libro página a página. Colgué el auricular y marqué el número de teléfono de Paul:

—No aguanto ni un minuto más a Porc.

—Enciérralo en uno de los balcones.

—¡Sí, hombre! Se pone a ladrar y se enfada todo el vecindario.

—Pues..., ¿qué se te ocurre que podemos hacer?

—En el estudio tienes un buen patio. Allí correrá a sus anchas.

Nada más llegar al estudio de Paul, Porc se abalanzó sobre uno de los arquitectos más veteranos y se quedó con un trozo de pantalón del hombre en la boca. Tras un par de putadas más, acabamos llevándolo a casa de un conocido que vivía en la montaña y se dedicaba a adiestrar perros. En aquel centro de adiestramiento le perdimos la pista a Porc.

Pasada la Navidad, para la cena de Nochevieja, invité a mi familia. Éramos un montón, unos treinta. Alquilé mesas y sillas, y las puse a lo largo del pasillo en curva, orientadas hacia los grandes ventanales que dan a nuestro patio interior y la terraza, con sus columnas y torres iluminadas. Copas de cristal, velas y estrellas de papel dorado por encima de los manteles... El marco era inmejorable, y con la comida también me esmeré. Me apetecía regalarles una noche especial. Se lo merecían por los disgustos que les había dado. Después de haberme divorciado de mi primer marido y pasar unos años golfeando, había sentado cabeza y estaba esperando un bebé. Ejercía de anfitriona con mi familia por primera vez y me había metido en el papel de forma ejemplar. Pero a la hora de irse, como el ascensor no funcionaba, les tocó a todos bajar por la escalera. Y una vez abajo, en lugar de salir directamente a la calle, se entretuvieron recorriendo los dos patios de La Pedrera. Los guardias de seguridad los detectaron por las cámaras de videovigilancia, recién instaladas, y como aún no existían las visitas nocturnas que se hacen ahora en el edificio, salieron nerviosos del búnker, que es como llaman al cuarto de mandos. Tuvieron que identificarse y dar explicaciones. Y Paul y yo, medio colocados como corresponde a fin de año, acudir al rescate.

*H*an transcurrido ya veintiséis años desde aquella primera Nochevieja en La Pedrera. Es sábado por la mañana. Me entretengo arreglando la mesa. Mantel de lino y jarrón con *lisianthus* blancas. Mi amiga Desirée viene a desayunar. La conocí precisamente desayunando en una granja que había en el barrio del Putxet, donde vivía antes de trasladarme a La Pedrera, y nuestra amistad ha continuado pese a que por su trabajo no duerme en Barcelona más de dos semanas seguidas. Hace mucho que no pasa por casa, y como es lógico, lo que más le llama la atención al entrar son los plásticos y andamios, la oscuridad que impera en el salón. Pero enseguida se da cuenta de otra novedad:

—¡Vaya! ¿Qué ha ocurrido aquí? —pregunta mirando a un lado y a otro—. ¿Habéis pintado? ¿De qué color era antes?, ¿azul?, ¿morado, quizá?

—Azul liloso —contesto poniendo cara de asco justo en el momento en que Paul entra en el salón.

—Color azul Klein. Y fue Philippe Starck el que lo escogió —rectifica él con orgullo, mirándome con desdén.

Una pánfila sin criterio que a base de brochazos se ha cargado la obra de dos genios.

—El azul Klein con los años y los sucesivos retoques había ido derivando en un color indefinido… —trato de excusarme mientras Paul se acerca a besar a mi amiga.

Me siento incómoda y continúo justificando mi decisión:

—Además, las paredes oscuras me pesaban, año tras año habían ido consumiendo mi ánimo. Necesitaba levantarme por la mañana, los fines de semana más que nada, en un sitio claro, con luz natural, con plantas…

Miro de reojo a Paul, que primero levanta las cejas y luego arruga la nariz. Un gesto muy suyo de desprecio. Siento su agresividad sin que mueva un dedo.

Nos quedamos callados.

Hace ya meses que pintamos y esta escena se ha ido repitiendo. Cuando alguien se deja caer por casa y hace referencia al cambio de pintura, algo inevitable, se crea una tensión increíble entre los dos. Soy consciente de que he plantado cara a Paul en su propio terreno y eso se paga.

Paul, enfurruñado, abandona el salón al instante. Siento hacia él una aversión que no recuerdo haber sentido nunca por nadie, una gran impotencia ante su actitud. Cuesta creer que un asunto tan superficial como el color del piso se haya convertido en un asunto de vida o muerte en nuestra relación. Una guerra de poderes que está trayendo cola.

Desirée deja caer el bolso sobre una butaca cubierta por una sábana y deambula por el salón desangelado. Se desliza ahora en una silla de madera diseñada por Gaudí a la que Paul incorporó una plataforma metálica con ruedas. La observo desplazarse con la silla y me alegra comprobar que sigue siendo muy guapa, con el pelo siempre cortado al uno y esa gustosa piel de las rubias holandesas.

De pronto vuelve su cara hacia mí, sus ojos de un azul transparente:

—He tocado un tema conflictivo —afirma levantándose de la silla.

Se dirige a la mesa donde he puesto el desayuno. Y yo, que aún me despierto y me acuesto con sentimiento de culpa por el dichoso cambio de pintura, me siento en la obligación de seguir dando explicaciones:

—En su momento, el piso salió fotografiado en las mejores revistas internacionales de arquitectura. Paul estaba orgulloso, había sido muy valiente al atreverse, el color era rompedor, pero los años pasan y la casa no es un *stand* de feria o un set de rodaje, es la vivienda de una familia... Yo estaba harta de tener una habitación de cada color. Y todas oscuras.

—Paul es mucho Paul. La Pedrera, mucha Pedrera. Y las personalidades fuertes son difíciles para convivir —resuelve Desirée acercando la cara al jarrón con flores.

Me viene a la cabeza la imagen de Paul en su estudio. *Il capitano.* El líder. En cuanto frunce la frente todos se cuadran.

—Paul se ha acostumbrado a mandar y le resulta inconcebible que alguien pueda no estar de acuerdo con él —reflexiono en voz alta.

Desirée asiente con la cabeza.

—Manda en su estudio, en su círculo de amigos..., pues que se dé un respiro y en casa delegue en mí. —Intento controlar mi enfado—. ¿Por qué me he de sentir como una bruja cuando compro un juego de sartenes que no son de su agrado? Ahora está empeñado en que para trabajar es mejor sentarse en un taburete. Ejercitas los músculos abdominales y los dorsales. Y no. No digo que no tenga razón, pero paso de estar colgada horas y horas en un taburete como si fuera una gallina. Prefiero mi silla de siempre y es justo que pueda opinar.

—¿Y cómo te lo hiciste para lograr cambiar el color de la pintura? ¿Esperaste a que se largara de viaje? —pregunta Desirée con una sonrisa traviesa.

—Fue Óscar Tusquets, amigo de Paul, el que me dio el empujón definitivo. Las paredes daban grima y había que pintar, eso era evidente. El gran dilema era el color. Paul y mis hijas, influenciadas por él, se resistían a nuevos colores porque siempre había sido oscuro y no veían por qué había que cambiar. Precisamente por eso, porque llevaba veintitantos años viviendo

59

en la penumbra, tenía todo el derecho a probar un tono claro. Y el presupuesto, que es lo que a Paul siempre le preocupa, no variaba tanto. Pero no había forma, él y mis hijas, mis tres arquitectos no cedían, apostaban por mantenerlo igual, y yo cada día que pasaba estaba más convencida de que mi estado de ánimo mejoraría con la luz. A fin de cuentas, somos mediterráneos.

»Entonces vino Óscar a casa y dio con el argumento correcto. Expuso a la familia que a Gaudí no le gustaría ver el piso como estaba, que en tonos claros resaltarían mucho más las formas, los trabajos de los techos y sus sombras, y en una familia de arquitectos este fue el argumento definitivo. —Sonrío para mí—. Todo fue empezar a pintar las paredes y techos color hielo para poco a poco, pero con el ansia de una adicta, continuar con el resto hasta dejar el piso empolvado, cubierto por un tenue y apacible manto de nieve.

Se oyen los pasos de Paul acercándose por el pasillo. Desirée y yo nos apresuramos a servirnos las tostadas y él se sienta con nosotras a la mesa sin tratar de disimular su disgusto.

—¿Cuánto valdría este piso a precio de mercado? —le pregunta Desirée acariciando con los dedos el bote de la mermelada.

Paul suele contar que, después de este, quedaron en el edificio otros pisos vacíos, y a medida que se iban desocupando, él los ofrecía a amigos y conocidos, tanto catalanes como ingleses, pero nadie mostró nunca ni pizca de interés. Ni se interesaban por el precio.

Dejo a Paul y a Desirée hablando sobre la suerte que tenemos de que nos hayan mantenido la renta antigua y del incremento de los alquileres en el área metropolitana, y voy a la cocina para preparar los cafés. Me doy cuenta de que está lloviendo a través del patio de luces. Abro unos centímetros la ventana y me quedo escuchando el agua caer. Luego vuelvo al salón comedor con los cafés, que dejo sobre el mantel.

Mi amiga y mi marido hablan ahora de bricolaje. De un

tiempo a esta parte, el tema favorito de Paul. Él no desperdicia nada, ama recuperar los objetos, arreglarse con lo que tiene, un auténtico *bricoleur* que, en lugar de vivir en un piso señorial del Ensanche barcelonés, debería vivir en un taller. Si no fuera por mí, porque voy tras él recogiendo, habría ordenadores, radios o grifos a medio desmontar y herramientas abandonadas por toda la casa. Sin contar las decenas de topes de puerta —un palo de un metro de altura unido a una base, a cual más original— que le ha dado por fabricar sin un objetivo en concreto. Pero también, si no fuera por mí, además de vivir en un piso oscuro, poco ventilado, sin sofás, sin plantas en los balcones, lleno de trastos por todas partes, seguramente Paul permanecería soltero, sin hijos, sin… sin la vida que yo le he ido organizando, que en el fondo no debe de ir con él. Un solitario y aplicado Gepetto al que por un cambio en el programa le ha tocado representar a un apasionado Romeo.

Aparecen nuestras hijas. Ayer viernes salieron y se les nota. Parece que la tensión que minutos antes flotaba en el ambiente se ha ido disipando. Las niñas besan a Desirée y se tiran de cabeza a la jarra del zumo de naranja. Nuestra amiga les pregunta por las obras de la casa. La mayor le contesta bostezando que, aparte de La Pedrera, están levantando también las aceras del paseo de Gracia. Su hermana replica, restregándose los párpados, que mejor que todas las obras se hagan de una vez. Hablan entre ellas. Hay que prestarles atención porque emplean un lenguaje inventado, en el que omiten la última vocal de cada palabra, y cuando se aceleran cuesta seguirlas.

De pequeñas se llevaban a matar pero ahora son uña y carne. Ninguna de las dos quiere trabajar en el estudio de su padre y su ilusión es poder trabajar juntas dentro de unos años. Tanto en su físico como en carácter, son el día y la noche, pero se sienten tan cómplices que a veces pienso que ya me puedo morir tranquila. Cosas de madres.

Llaman al timbre de la puerta de servicio. Estoy segura de

que es un turista. Por la antigua puerta de servicio, la que da a la escalera, nos comunicamos con el piso muestra, una vivienda ambientada con muebles de época en la que se intenta representar la vida de una familia acomodada del primer tercio del siglo XX. Pasan por ella muchísimas personas, y de vez en cuando alguien cruza el rellano y pulsa el timbre de nuestra puerta. Al principio caía en la trampa, salía de la ducha o dejaba lo que tuviera entre manos para ir a abrir, pero ahora, cuando suena el timbre de la puerta de servicio, ni me inmuto. Simplemente hacen la gracia absurda de tocar el timbre y salir corriendo, o quedarse esperando vete a saber qué. Lástima que no podamos anularlo. Se lo cuento a Desirée, que me mira incrédula. La acompaño a la puerta para demostrárselo. En efecto, no hay nadie. Desirée se sorprende de que en el techo del rellano haya cámaras de videovigilancia y que los vecinos consintamos que todos nuestros pasos sean registrados.

Continuamos desayunando. Desirée les cuenta ahora a las niñas que ella era una asidua de las comidas que organizábamos. Hace años, cada jueves ofrecíamos cocido a cualquier amigo o conocido que se dejara caer por casa, poniendo como única condición que no avisara. No soy una mujer que se maneje con agilidad en la cocina y no me ayudaba que alguien me llamara a la una o a las dos anunciando que en un cuarto de hora se presentaba a comer. Los jueves por la mañana venía a casa una señora andaluza que hacía unos cocidos de muerte, añadíamos una pieza a la mesa para alargarla, y esperábamos. Sobre las dos empezaba a sonar el timbre. ¿Quién será?, ¿vendrán pocos o muchos?, ¿habrá bastante cocido? Solíamos ser muchos, tantos que por más cocido que hubiéramos preparado acabábamos sirviendo huevos fritos con patatas o croquetas congeladas, que comprábamos como recurso. Las niñas preguntan, quieren conocer detalles, saber quién venía a esas comidas. Integrar de alguna forma en sus vidas la animación que reinaba entonces en esta casa.

ϒ

Por este piso ha pasado muchísima gente. Alguno de los invitados, bastante conocido.

Recuerdo una comida con sir Richard Branson, el presidente, entre otras compañías, del grupo Virgin. Por aquel entonces yo no había oído hablar de él. Cada vez que veo su foto en la prensa lo veo igual que ese día, hará más de veinte años: como un toro, bravo y carismático. Él se sentó en un extremo de la mesa y yo en el otro; ni nos hablamos, pero tengo su imagen, ahí sentado presidiendo, muy clara en mi memoria.

Jean Paul Gaultier también estuvo una mañana en casa. El día en que colocaban en cada una de las dos porterías sendas máquinas de escáner como las que encontramos en los aeropuertos, esas que radiografían lo que llevas dentro del bolso. Entraba yo ese día cargada con bolsas del súper, imagino la portería a rebosar de turistas, algunos quejándose como de costumbre porque me saltaba la cola tratando de colarme, cuando vi a Gaultier observando los dibujos que acababan de restaurar en las paredes de nuestro patio interior. Se volvió y me repasó de arriba abajo, y yo, que acababa de comprarme un maravilloso Gaultier de terciopelo granate para la boda de Bigas Luna, no pude resistirme a contarle lo feliz que me había sentido al comprar aquel vestido. Lo invité a subir al piso. Lo recuerdo muy alto y rubio, extrovertido y alegre, complacido por haber podido pasar apenas quince minutos en casa.

Allá por 1990, coincidiendo con un congreso mundial de arquitectos, Paul dio una fiesta en el piso en la que yo no conocía a casi nadie. Me fijé en una señora gorda que estaba sentada en nuestro sofá azul de terciopelo, el único sofá que hay en el piso y que no usamos porque, de tan viejo, ya está roto. Se había sentado justo en el sitio donde los muelles habían cedido y hacían que te hundieras entre los cojines. La señora desfondada bregaba por adoptar una postura digna y

63

que la punta de los pies le tocaran al suelo mientras un corro de personas la escuchaba con veneración. Resultó ser Zaha Hadid, la arquitecta iraquí.

Pero el primero de todos, el primer invitado conocido fue el alcalde de Barcelona Pasqual Maragall y su familia. Yo en aquella época no vivía en La Pedrera, conservaba mi apartamento y me quedaba a dormir en el piso de Paul tres o cuatro noches a la semana. Un día Paul me comentó que una persona de confianza del alcalde le había preguntado si este, su esposa y sus tres hijos podían quedarse a vivir con nosotros una semana. Era algo que venían haciendo: alojarse con distintas familias de la ciudad para así conocer de cerca la problemática de cada barrio. Paul me rogó que me organizara el trabajo para poder estar el máximo de tiempo posible en La Pedrera. De aquella semana recuerdo dos cosas. La primera, que Paul se pasó la semana entera con una gripe de caballo que lo mantuvo encerrado en su dormitorio con un humor de perros. No me dejaba ni entrar en la habitación y, cuando le preguntaba algo a través de la puerta, ni me contestaba. El piso se llenó de gente. Comerciantes, abogados, médicos, infinidad de personas del barrio aprovecharon la oportunidad que se les brindaba y desfilaron durante aquellos días por la casa para conversar con el alcalde. El timbre no cesaba de sonar. Ramos de flores, comida, recados o notas para entregar en mano. El piso de un soltero se había convertido en el centro neurálgico de la ciudad y en cualquier momento salía alguien que me preguntaba dónde guardábamos las bombillas o las pilas de repuesto, si teníamos aspirinas o agujas de coser, y me hacían comentarios creyendo que yo era la señora de la casa. Una anfitriona que no sabía ni cómo se ponía en marcha el lavaplatos.

Porque esta es la segunda anécdota que sigue ahí, imborrable en la memoria. La mañana en que nos encontramos la esposa del alcalde y yo, las dos en camisón en la cocina, con los mármoles llenos de platos y vasos sucios, y ninguna de las dos

64

sabía cómo poner el anticuado lavaplatos en marcha. En aquel momento, a mis treinta y pocos, con unos intereses lo más alejados posible de una ama de casa tradicional, y con problemas con el catalán —porque, aunque parezca mentira, soy incapaz de distinguir y pronunciar algunos sonidos, algo que siempre me ha acomplejado—, me sentí superada por la situación. Procuraba comentar solo lo imprescindible y ni me atrevía a moverme por el piso. Los cinco miembros de la familia Maragall se instalaron en la parte que da a la fachada posterior. Yo sabía que no había suficientes camas para todos, pero en ningún momento me atreví a acercarme para comprobarlo y ver de qué forma se habían organizado para dormir. Creo que los tres hijos del alcalde durmieron en el suelo sobre colchones y sábanas que se debieron traer de su casa.

A Maragall lo volví a ver de lejos en algún acto social, y el año pasado, ya enfermo de alzhéimer, me lo encontré al salir de la portería. Con motivo de un concurso que se celebra cada año, un chico tocaba el piano en la acera; se había formado un círculo alrededor y yo me paré unos minutos a escucharlo. Maragall, que se encontraba allí, me llamó y me saludó con dos besos. Recordaba quién era y en qué piso vivía, y lo que más me chocó es que se dirigió a mí en castellano: «Hola, guapa, ¿cómo vamos?», aunque suele hablar a todo el mundo en catalán. La persona que lo acompañaba nos fotografió a los dos al despedirnos, algo que me sorprendió. Quizás esas fotografías, pensé, le servían al cabo del día para relacionarse con la familia; o quizás era una táctica para intentar retener imágenes huidizas en la memoria. Porque yo, tan orgullosa de mis recuerdos y tan convencida a mis cincuenta y ocho años de que la línea de lo recorrido es más larga que la línea de lo que me resta por recorrer, siento que el hecho de que se te vayan borrando las vivencias, la base de nuestra identidad, es lo peor. Y más en el caso de un hombre con el pasado de Pasqual, tan intenso y brillante.

$\mathcal{N}$o tengo ni idea de qué hacer para motivar a Paul. No sé qué decir ni cómo comportarme.

Contaba con ir al teatro con unos amigos esta noche, pero a Paul no le apetece salir.

—Ve tú. Yo me quedo —ha dicho—. La secadora hace un ruido espantoso y me gustaría ver qué le pasa.

Paul se está convirtiendo en el abanderado del no.

Cuando nos conocimos, no nos perdíamos nada de lo que ocurría por la noche en la ciudad. La primera vez que me puse de parto, Paul me acompañó con su vieja Lambretta después de habernos corrido una gran juerga. Sentada con las dos piernas hacia el mismo lado y con el neceser del bebé bien sujeto en la espalda, aparcamos frente a la clínica de madrugada.

Claro que nos hacemos mayores y cada vez da más pereza moverse, pero lo que le ocurre es preocupante. A Paul cada día le interesa menos la gente, la mayoría de personas le aburre, y ha aprendido a sortear con pericia cualquier iniciativa que lo aleje del altillo donde tiene su mesa de trabajo con el grueso de las herramientas. Cualquier plan que no implique llevar a cabo una labor útil o quedarse a solas con su colección de topes de puerta lo vive como un castigo.

Pero hoy es un día en el que no caben los reproches. Necesito información para mi libro y (hoy) me estreno como entrevistadora. Carmen Burgos va a convertirse, sin ella saberlo, en mi conejillo de indias. La he visto pocas veces en persona, ya que no es fácil encontrarse con ella. La Pedrera se construyó como dos bloques de viviendas, uno que da al paseo de Gracia y otro a la calle Provenza, intercomunicados por dos grandes patios interiores y con una fachada común que es la que da al edificio la falsa apariencia de unidad. El piso de Carmen pertenece al bloque del paseo de Gracia y el nuestro al de Provenza, y al tener puertas de acceso y ascensores distintos, raras veces coincidimos. Ella coincide en su escalera con Tere Yglesias. Y nosotros, en la nuestra, con Carmeta, de Vinçon.

Bajo por las escaleras con el portátil en bandolera sin dejar de darle vueltas al hecho de que el concepto de «hogar dulce hogar» relacionado con las nociones de limpio, confortable y cálido no va con la naturaleza de Paul; su «hogar dulce hogar» ha de ir siempre ligado a una lista con mil y un trabajillos a realizar en la casa. Una afición que viene de antiguo, que ha ido creciendo y tomando vuelo con los años. Me sorprendió, cuando nació nuestra primera hija, comprando una máquina de coser y dedicando los domingos a confeccionar sábanas y baberos, porque los que veíamos en las tiendas cursileaban. Ahora mismo está bregando con un ventilador que no funciona y que a toda costa quiere reparar. Un *hobby* económico y práctico que lo absorbe y mantiene entretenido. Y por si esto no fuera suficiente, tiene a medio concluir dos nuevos modelos de topes de puerta, uno hecho con una gran piedra de río y una caña de bambú, y el otro tallado en madera con el pie en forma de queso gruyer.

Me gustaría ver alegrarse a Paul con algo que no esté relacionado con el trabajo. Notar cómo se entusiasma, aunque solo sea por el placer de ofrecer diversión a la familia… ¿O quizá debería ser al revés? ¿Debería ser yo la que se felicitase por estar casada con un hombre que se entretiene solo y que, como canturreaban mis hijas de pequeñas, lo arregla todo? *El meu pare ho arregla tot, tot i tot*, cantaban a dúo, divertidas.

Cuando nació nuestra segunda hija compramos una casa para pasar los fines de semana y los veranos. Llevaba mucho tiempo deshabitada, y nada más llegar, Paul se puso en contacto con el electricista del pueblo para ponerla a punto. Los dos con sus monos de trabajo, el de Paul un viejo Oshkosh a rayas que le iba corto y el del electricista uno de un azul gastado, se tomaron tan en serio la faena que prácticamente no paraban ni para comer. Para mí, entonces, era entrañable, me tocaba el corazón el cariño de Paul por mejorar la casa. A la semana se compró una cinta elástica para la cabeza con una lamparilla en medio de la frente, una especie de linterna de minero, y un cinturón portaherramientas. A los quince días el cinturón le resultó insuficiente y se compró una caja tipo maleta metálica con ruedas para llevar las herramientas dentro. Lo veía ir de una habitación a otra tirando de la caja con el mono de rayas y la luz en la frente, y me tenía que esconder porque me hacía pis de la risa.

Carmen Burgos, la inquilina más antigua de las siete personas que vivimos ahora en La Pedrera, abre la puerta del piso y me pilla riéndome sola. Su rostro es muy expresivo y tiene la piel blanca sin manchas ni arrugas. Si no fuera porque sé que compartió clase en el colegio con mi madre, me haría dudar de su edad. Enseguida me cuenta que está ocupada desprendiéndose de algunas obras de arte. Señala un espejo en la pared del recibidor y yo, que además de no ser curiosa, soy muy despistada, sé que a lo largo de la visita tendré que hacer esfuerzos para no dispersarme. El espejo es del escultor Gargallo y lo tiene medio vendido. En cuanto le queda una marca en la pared, cuelga un cuadro de su marido y santas pascuas, aquí no ha pasado nada.

Luis Roca-Sastre, marido de Carmen y uno de los notarios más conocidos de la ciudad, pintaba en sus ratos libres.

Su estudio es la primera habitación que Carmen me muestra. Una tarima de madera oscura cubre parte del suelo. El estudio permanece tal y como él lo dejó, con cuadros terminados y lienzos a medio pintar, caballetes, pinceles y un montón de objetos que no puedo entretenerme en examinar. Me asomo a la ventana. Es precioso ver la calle tan de cerca. Los coches, las motos, el paso de peatones... El piso de Carmen es un segundo y los balcones dan sobre las copas de los árboles. El estudio de su marido enamora. Los pisos del paseo de Gracia forman la parte noble de la casa, y dentro de la parte noble, si se hace caso omiso del ruido, los pisos bajos son los mejores.

Abandono mi portátil en el pasillo sobre una silla y comienzo a seguir a Carmen por las diferentes habitaciones. Se ayuda con un bastón al andar y se la ve radiante por esta oportunidad de exhibir su casa una vez más. Tiene unos trescientos cincuenta metros cuadrados, distribuidos a lo largo de un largo pasillo en forma de «c» similar al nuestro. Debe haber vendido mucha obra porque cuelgan cuadros de su marido por todas partes. Roca-Sastre pintó también en la cocina, sobre las baldosas blancas. Aquí el mobiliario está intacto, con sus fregaderos de mármol y la cocina económica de carbón que ya no utiliza.

Carmen va vestida con una falda hasta las rodillas de color marrón y una blusa de seda crema, a juego con el piso de paredes beis y mobiliario sólido y oscuro. Una fotografía en color sepia, una fiel imagen del siglo pasado.

De tanto en tanto le pido por favor que me aclare algo, pero ella va a lo suyo, centrada en enseñarme esto y lo otro; de hecho, sospecho que cuando le hablo casi no me oye. Más adelante me contará que el sentido del oído le funciona con algo de retraso como consecuencia de un ictus; tarda un tiempo en procesar lo que le dicen y en contestar. De cualquier manera, es una guía experta, conocedora del valor de lo que tiene entre las manos y lo que la gente espera de ella. Hace que me fije en los dibujos en relieve del techo del salon. Una cruz, las cuatro barras de la *senyera* y un corazón atravesado por una flecha, los símbolos correspondientes a fe, patria y amor, que aluden a los Juegos Florales de la ciudad.

Carmen y yo nos sentamos una frente a la otra en el comedor y enciendo el portátil. Ella se explica y yo escribo, tal como habíamos acordado por teléfono. Habla con claridad y lentitud, marcando intervalos entre frase y frase, aun a veces entre palabras. Cuenta que empezó a frecuentar La Pedrera, el piso de sus suegros, como novia de Luis Roca-Sastre en 1950. Acababa de cumplir dieciocho años. Sus suegros vivían en el primer segunda, en un piso de seiscientos metros cuadrados, mitad vivienda mitad despacho, que su suegro alquiló al sacarse las oposiciones a notario de Barcelona. Ramón Roca-Sastre decidió trasladarse con su familia de la calle Mallorca a La Pedrera cuando Gaudí era un completo desconocido para buena parte de los ciudadanos. Los abogados de la época, cuando se enteraban de que había alquilado un piso en La Pedrera, le decían que cómo se le había ocurrido meterse en esa casa grotesca, y le auguraban que no tendría clientes. Se equivocaron. En pocos años su suegro se hizo con parte de la mejor clientela de la ciudad. Se le conocía como el Notario de La Pedrera. Entre otros logros, contribuyó a la compilación del derecho civil de Catalunya.

Explica Carmen que la familia Roca-Sastre la cautivó enseguida. Luis, su novio, tenía dos hermanos y una hermana pequeña, Elvira, y los cuatro iban juntos a todas horas. En la casa se convocaban reuniones intelectuales donde se recitaban poemas, se tocaba el piano e incluso se organizaban concursos de cuentos. A todos les gustaba el arte. Su padre los llevaba el domingo por la mañana a visitar exposiciones y luego a tomar el aperitivo a La Punyalada o al Salón Rosa. Ramón María se gastó sus primeros ahorros como notario en arte, abonos para las temporadas de ópera y ballet en el Liceo, conciertos en el Palau de la Música y en libros, muchos libros. Y no tan solo jurídicos. Todo parecía interesarle. Le agradaban la aritmética y la geografía, el teatro y el cine, resolver los crucigramas de los periódicos y reunirse con amigos y colegas, cosa que hacía a diario en casa, en el Terminus o en el Círculo Ecuestre. Pero eso no quiere decir que no trabajara, recalca Carmen, con su peculiar forma de hablar a base de pausas. Carmen aún se acuerda de la esposa, su suegra, llamándolo a comer, «¡Ramón, que se te enfría la comida!», y la comida, efectivamente, se le enfriaba. Lo recuerda entusiasmado hablando de derecho o escribiendo en su despacho. Era liberal y republicano, y solía repetir que el derecho es la poesía de la vida. Quizá lo que más recuerda Carmen de aquellas visitas a su familia política sean las comidas. «Me lo pasaba bien y siempre aprendía algo», confiesa mirándome con los ojos abiertos de par en par. Y a mí me es fácil compartir esa sensación: con Paul siempre aprendía algo en nuestros primeros años.

«Fíjate —dice extrayendo unos papeles de un sobre grande que hay encima de la mesa—. A mi suegro le pidieron mucho por el alquiler y él se sacó el carné de familia numerosa. Aquí tienes la fotocopia. Y este es el recibo de alquiler de la máquina de escribir —señala poniéndome el contrato entre las manos—. Para montar la vivienda no hubo problema: trasladaron los muebles del piso de la calle Mallorca. Pero el despacho no tuvo más remedio que amueblarlo poco a poco, comprando mesas y estanterías de segunda mano. Y esta es la factura del sastre. —La empuja hacia mí mirándome sin pestañear—. El primer traje que se hizo para ejercer de notario. Ramón María sabía que debía vestir de acuerdo con su situación, pero en la casa nadie más estrenó, solo él.

Me entretengo repasando la factura: una corbata, un cinturón y un traje a medida que suman un total de ochocientas veintisiete pesetas.

Carmen deja de lado el sobre con las facturas de su suegro y me cuenta que, después de casarse, su marido ejerció la abogacía por distintos pueblos hasta que obtuvo plaza de notario en Barcelona. En La Pedrera había quedado un piso disponible. «¿Cómo te vas ir a una casa que tiene un baño con cinco puertas y una columna en medio, una casa tan oscura?», le recriminó la madre de Carmen. La afición por Gaudí es reciente, mantiene. Ha hecho falta que pasen los años, los japoneses y el deslumbramiento de medio mundo para valorar el legado de Gaudí. Carmen habla y habla, y yo trato de teclear lo más rápido posible. Habla, sobre todo, de su marido. De él me cuenta que fue un excelente notario y un continuador de la obra de su padre, actualizando y ampliando el derecho hipotecario, y también el autor de numerosas obras, entre las que destaca el *Derecho de sucesiones*. No disimula la admiración que aún siente por él.

Pienso de nuevo en Paul, en que aunque no estemos atravesando el mejor periodo de nuestras vidas, aunque mis planes se hayan torcido y esta noche tenga que ir sola al teatro porque él prefiera quedarse a jugar con la secadora o con su colección de topes de puerta, pienso que es el mejor marido que hubiera podido tener y me siento orgullosa de que sea el padre de mis hijas.

—Soy feliz porque he tenido una vida muy bonita —añade Carmen después de la larguísima pausa—. Ahora no paran de invitarme a eventos y tengo que dosificarme. También me apunto a todos los actos relacionados con La Pedrera.

—¿Fuiste a la conferencia de Tom Wolfe? —pregunto contenta de haber podido asistir.

Carmen me mira fijamente pero no contesta. Se levanta, coge el bastón y sale de la habitación lentamente. Creo que la lío con mis preguntas.

Tom Wolfe vino a Barcelona a presentar *Bloody Miami*, su última novela, y dio una conferencia abajo, en el auditorio, que no me perdí. Lucía su característico aspecto de dandi, un *look* muy estudiado que Wolfe justificó nada más presentarse. En la zona sur de Nueva York hace mucho calor y, cuando era joven y trabajaba de periodista, sus compañeros se compraban americanas de algodón o lino blancas. Él también se compró una, pero la tela resultó demasiado gruesa y no se la podía poner en verano, así que la guardó en el armario y la sacó ese mismo año a finales de noviembre. La gente en Nueva York suele vestir de oscuro en otoño e invierno, y todo el mundo lo miraba. Le agradó y le divirtió la sensación, y desde entonces representa ese papel que es el que todo el mundo espera de él.

El señor Wolfe estuvo brillante, contando anécdotas a lo largo de dos horas. «Lleva desde las diez de la mañana sin parar y son las nueve de la noche», me dijeron sus editores refiriéndose a las servidumbres que conlleva la promoción de la novela. Once horas de trajín lejos de casa a los ochenta y tres años. Había que ser Tom Wolfe para aguantar aquello. Para mí, en mi estado, sería poco menos que una tortura.

Carmen vuelve a entrar en la habitación con pasos cortos, apoyándose en su bastón. Se detiene unos segundos delante de un retrato que le hizo su marido. Ella es la modelo en la mayoría de cuadros que hay colgados por el piso. No sé qué se debe de sentir cuando posas para un marido. O para un artista. Cansancio, aburrimiento, satisfacción. Tal vez se pasa por todos esos estados de ánimo y muchos más. En el caso de que Paul fuera pintor, apuesto a que no me escogería de modelo. Paul no sería retratista. Él pintaría bodegones. Recuerdo a Paul con las niñas de pequeñas haciendo bocetos de la oreja disecada de un toro que le brindó un amigo torero.

Carmen deposita sobre la mesa una carpeta que contiene las fotocopias de todas las noticias que han salido publicadas en los periódicos a propósito de La Pedrera e insiste en que me lleve la carpeta y les eche una ojeada. Me conmueve que se pueda querer con tanta pasión un lugar; el amor de Carmen por el edificio.

*U*na persona lleva a la otra. Sin yo pedírselo, Carmen ha quedado con Montserrat Bargués, una señora mayor que no vive en La Pedrera pero sí en la misma calle. «Alguna información sacaremos», dice guiñándome un ojo con picardía cuando paso a recogerla.

Montserrat se crio en la portería del edificio situado en la esquina de Provenza con Pau Claris, y ahora, a sus noventa y dos años, ocupa el piso superior. Nos acomodamos en el acogedor saloncito de su casa. Ella cohibida, convencida del poco valor que pueden tener sus recuerdos para nosotras. Carmen y yo con ganas de saber.

—Mi abuelo por parte de madre era zapatero —comienza a contar con timidez tras la insistencia de Carmen—. Pero al quedar vacante la portería de este edificio, de inmediato se trasladaron aquí, ya que los porteros disponían de la vivienda gratis. Mis padres, de recién casados, pasaron mucha miseria, mucha, hasta que no pudieron más y decidieron volver, alojarse de nuevo en la portería con mis abuelos. Yo nací aquí. Todo era muy distinto.

—Apoya la nuca en el reposacabezas de croché que protege su butaca—. En invierno el frío se te metía dentro y ahí se quedaba; a veces mi madre, a la salida del colegio, nos llevaba a los almacenes El Siglo para que entráramos en calor… De la guerra recuerdo las barricadas frente a la portería, construidas con cualquier cosa. La bomba que le pusieron a Joan Comorera, secretario del PSUC, que tenía su cuartel general en La Pedrera.

—Lo único importante que sé del edificio —dice cuando Carmen le pregunta directamente sobre La Pedrera— es la palabra «Rebled» escrita con un punzón en una chimenea. Oí burradas en la televisión, decían que Rebled hacía referencia a algo esotérico y otras barbaridades; entonces escribí a Bassegoda Nonell, uno de los mayores especialistas de Gaudí, le envié tres cartas explicándole que «Rebled» era el nombre de un trabajador, un crío del barrio.

Montserrat se sabe de memoria los apellidos de la gente que vivía en La Pedrera cuando ella era una niña. El doctor Trias, el doctor Freixa, el coronel Ríos, los Crehuet o los Feliu. Vecinos que conocía solo de nombre, por el colmado. El dueño del colmado recogía los pedidos por teléfono y cantaba en voz alta la lista al repartidor.

—No es que fuéramos unos cotillas, es que los niños vivíamos en la calle y nos enterábamos de todo —trata de exculparse.

—¿Y los loros?, ¿se acuerda usted de los loros de La Pedrera? Gritaban —dice dirigiéndose a Carmen—. Los paseantes se paraban a mirar la casa, pero las malas lenguas aseguraban que la gente se detenía frente a la fachada por los loros, no por la obra de Gaudí.

—No gritaban, hablaban —afirma Carmen molesta.

—Quizás hablaran con *els amos* —concede Montserrat con una risa contagiosa—, pero desde la calle lo único que se oía eran unos gritos irritantes.

—Los guacamayos eran espectaculares. Formaban parte de la casa —apunta una Carmen ofendida, que no va a permitir que se difunda la idea de que los guacamayos de doña Rosario eran unos bichos gritones.

—Me gustó cuando empezaron a hacer exposiciones en el principal de La Pedrera —deja caer Montserrat, superadas ya las reservas con las que nos ha recibido—. Yo iba para poder pasearme por el piso *dels amos* —indica tan ricamente sentada en la butaca, con las piernas enfundadas en unas medias gordas y los pies en unas pantuflas de lana.

Y tras una pausa en la que aprovecha para abrir una caja de galletas, continúa hablando, satisfecha de poder ser útil con sus recuerdos:

—En este barrio había gente de categoría. Los señores iban a pie, caminaban, y los chóferes los seguían con los coches. Las nodrizas venidas del norte, cada una vestida mejor que la otra, con coquetos pañuelos de seda anudados al cuello, paseaban orgullosas con los cochecitos de los niños. Los ricos salieron de la antigua Barcelona, por debajo de la plaza Urquinaona, y compraron pisos en Ausiàs March o Ali Bei, unos pisos preciosos ocupados por las grandes familias del textil catalán. Luego subieron hacia esta zona, el Eixample. En este barrio, antiguo distrito IV, ganaba siempre la derecha…

Yo ya no la escucho. Montserrat ha hecho alusión a las nodrizas venidas del norte y mi memoria ha resucitado la figura de la Mari. Recién llegada del pueblo, entró a servir en casa de mis abuelos como ama de cría, para dar el pecho a uno de mis tíos. Una mujer menuda, toda nervio y trabajo. Viuda de un militar al que mataron en la guerra, tuvo que dejar su pueblo con su hijo recién nacido para huir del hambre. Una mujer que no hizo más que obedecer y ahorrar toda su vida. Pero la Mari no vivió lo suficiente para retirarse y descansar la nuca en una butaca con reposacabezas de croché, ni para enfundar sus piernas en unas medias gordas y sus pies en unas pantuflas de lana calentitas, como Montserrat. Ella nunca tuvo un techo propio, nunca pudo sentirse en «casa» porque no llegó a tiempo de estrenar el piso que pagó a plazos en el Carrer del Torrent de l'Olla, muy cerca de aquí…

Para muchos la vida es una herida absurda.

Para todos, un viaje fugaz.

*A*yer volvió a suceder: Paul llegó tarde por la noche. Mientras lo esperaba repasando las entrevistas no me despegué del móvil. Lo llamé varias veces, le envié un wasap, él no contestaba y yo no podía concentrarme en nada. La respiración entrecortada hasta que oí caer su manojo de llaves sobre la mesita de la entrada. Cenamos tarde. Paul no se excusó y yo me mordí la lengua y no pregunté aunque por dentro hervía de rabia. Me produce horror encarnar el personaje de esposa controladora, y lo que no sé si es mejor o peor: el papel de mujer que ve fantasmas.

Sin apenas haber dormido por la noche, esta mañana he salido a pasear. He caminado un par de horas, *pim pim, pim pim*, sin dejar de pensar en Paul y bebiendo agua. Y al regresar a casa, para no volverme loca, de cabeza al ordenador, directa al trabajo.

Navego por Internet buscando información sobre Joaquima Trias, la abuela de una amiga de mis hijas que lleva años viniendo por casa y que precisamente ayer volvió a recordarnos que su abuela había vivido en el edificio. *L'àvia* Jo, que es como la llama la familia, vivió en La Pedrera durante bastante tiempo. Y como en Internet te enteras de todo, descubro que Joaquima es hija de Joaquim Trias i Pujol, eminente cirujano y decano de la Universidad Autónoma de Barcelona. Me entero también de que, al estallar la Guerra Civil, la familia Trias i Pujol formó parte del éxodo republicano: el padre de

Joaquima partió a Francia y continuó ejerciendo como cirujano hasta que los alemanes ocuparon el país. Entonces se refugió en Andorra y allí montó un quirófano en la casa donde se alojaba. Cuando volvió a España fue a la cárcel por negarse a transgredir el secreto profesional sobre uno de sus pacientes. Un hombre íntegro, según atestiguan las personas que lo conocieron, cuyos apellidos dan nombre al hospital del área de Can Ruti, en Badalona, de donde era originaria la familia: hospital Germans Trias i Pujol.

Venciendo la tentación de meterme en la cama y dormir dos días seguidos, porque la medicación me roba toda la energía, telefoneo a Joaquima Trias.

—Soy Martina Meseguer, amiga de su nieta, vivo desde hace años en La Pedrera y me gustaría charlar con usted.

Me contesta una mujer amable y parlanchina que, sin darme tiempo a justificarme, comienza a contarme anécdotas. Me cuenta que a los diecisiete años el edificio la conquistó y que fue ella la que negoció el alquiler del piso. Nunca antes la familia había podido vivir junta, a causa del exilio. La Pedrera fue su primera casa.

—Éramos nueve hermanos —explica al otro lado de la línea—, y durante la guerra nos fueron repartiendo por diferentes lugares fuera de España; los pequeños se quedaron siempre con nuestros padres.

A Joaquima se le nota con ganas de charla, y en cuanto puedo, la interrumpo y le propongo concertar una cita. Quedamos para el día siguiente.

La tarde en casa de Joaquima es entretenida. Todo un reencuentro: hacía décadas que Carmen y ella no se veían. La última vez fue cuando Jo salió de La Pedrera vestida de novia. Tenía veintiséis años, Carmen diecinueve. Tienen mucho sobre lo que ponerse al día.

Llevamos ya casi dos horas de charla, con una interesante conversación que será un gustazo transcribir al ordenador, cuando Carmen, que se ha ofrecido a acompañarme, pregunta a Joaquima:

—Oye, ¿te acuerdas de la mujer con un pañuelo en la cabeza que vendía periódicos frente a La Pedrera, en la esquina de Provenza con paseo de Gracia?

—Ah sí, vendía periódicos. —*L'àvia* Jo se encoge de hombros—. Sí…, bueno…, en todo el barrio vendían periódicos.

—Está claro que no sabe de quién le habla.

—Era la madre de Conchita.

—¿De qué Conchita hablas? —Jo busca mi mirada, la noto perdida.

—Con un pañuelo en la cabeza. Y llevaba un delantal. Y se ponía con los periódicos y revistas en la esquina. ¡En la esquina! —exclama Carmen elevando la voz.

—Sí —dice Jo por decir algo, imagino que esperando que Carmen cambie de tema cuanto antes.

—Siempre en la esquina…, ¿no te acuerdas de ella? —mantiene Carmen tozuda.

—Ahora no —concede Jo seca—. Que había periódicos sí que me acuerdo…

Un diálogo surrealista. Una pregunta que se hará recurrente por parte de Carmen en nuestras siguientes entrevistas.

Con disimulo, abro el bolso y reviso los wasaps que me han ido llegando. Leo uno de Paul. Me pide que me excuse, que me invente cualquier historia para desmarcarnos de una salida de tres días que han organizado unos amigos por el sur de Francia. «Donde estoy mejor es en casa con la familia», escribe aludiendo a nosotros cuatro. Cada vez que dice esto debería alegrarme. Como la primera vez que lo oí: como no estaba nada acostumbrada a escuchar halagos, hasta se me saltaron las lágrimas.

Pero ya no es así. Es una frase que suele repetir pero que a mí me cuesta creer al asociarla a su eterna cara de fastidio. A sus quejas. Y más ahora que le ha dado por llegar tarde y vete a saber dónde se mete.

Mientras dudo cómo puedo disculparme ante mis amigos por no ir con ellos al sur de Francia, oigo que Jo le cuenta a Carmen que el año pasado estuvo en Japón. ¡Japón! Catorce horas de vuelo a sus ochenta y ocho años y con evidentes problemas de movilidad. Algo increíble para mí en estos momentos, inimaginable con la puñetera ansiedad que me hace cuestionarme la más insignificante salida de casa. En cualquier caso, un viaje totalmente impensable de proponer a Paul.

El último viaje largo que hicimos Paul y yo fue a la India. Me costó convencerlo. El único plan que le tienta es hacer cortas salidas para visitar casas, cualquier tipo de casa. Además, aborrece lo que aquí se entiende por «estética hindú»: las velas, el incienso, las telas o los colores. Planifiqué bien el viaje, lo arrastré por aeropuertos, hoteles, calles y mercados, haciendo hincapié en los antros más sórdidos, y al llegar de vuelta a casa Paul confesó a nuestras hijas —y más tarde en una cena de amigos—: «Martina ha sido el mejor compañero de viaje que hubiera podido tener». Lloré de felicidad.

Quizá deba conformarme con el recuerdo de aquel viaje y no darle más la lata. Empeñarse en compartirlo todo con una persona es una utopía que nos forzamos a hacer realidad. Debería regalarme unos metros, un poco de aire. De todas formas, él ya lo hace. ¿Una pareja abierta?

—Soy celosa... Y lo odio —le reconocí al terapeuta en una de nuestras numerosas sesiones—. Intelectualmente es una memez, no tiene por dónde aguantarse. Entiendo que ser fiel va contra natura, que es un patrón cultural adoptado, pero emocionalmente el tema me supera —insistí recordando la de fans que tenía Paul cuando lo conocí, y lo que sufrí.

—Los sentimientos no son racionales —apuntó él.

Y yo le agradecí la aclaración. Una frase más para añadir a mi lista de frases felices. Una frase que a los celosos íntimamente avergonzados de serlo nos aligera un poco de tanta presión.

*L*a ansiedad puede afectar a cualquier persona. Pero en cada caso es diferente. En el mío es como tener un *alien* en el estómago y sentirme a su merced, totalmente incapaz de manejarlo.

Imposibilitada para hacer vida normal, tumbada con una mano sobre la barriga y con los ojos cerrados escucho por segunda vez la grabación que hice en casa de *l'àvia* Jo. No me importaría volver a visitarla. Una mujer culta, con una elegancia innata, a la que me encantaría tener como abuela. Recuerdo la salita estilo inglés, enmoquetada y con chimenea, en la que nos recibió, su ajetreada vida social y familiar. La de ilusiones que aún mantiene. No entiendo cómo Paul puede vivir sin ilusiones. O tal vez las tenga y sean tan distintas a las mías que yo no acierte a apreciarlas…

«Era amiga de la nieta de Puig i Cadafalch, íbamos juntas a la universidad —cuenta—. Nos reuníamos un grupo de amigos en la Rambla Catalunya, en casa de Puig i Cadafalch, luego íbamos todos a la Bodegueta, delante de la pastelería Mauri, a comprar aperitivo a granel, y subíamos al terrado de La Pedrera a merendar. Entonces no había los controles interiores que hay ahora, no subía nadie.»

Se oye la voz de Carmen Burgos que la corrige:

«Sí que subían. Subían por las escaleras…, a lavar.»

«Y a tender», añade Jo en un tono de voz más bajo.

«Sí, a tender sábanas», puntualiza Carmen con retraso.

Detengo la grabación. Marco la posición para cuando necesite echar mano de esta información y, tras una excursión a la cocina a por otra botella de agua, me concentro de nuevo. Quiero asegurarme de que hayan quedado registradas las voces de Elvira Roca-Sastre y Gema Giorgi. Y es que gracias a Carmen Burgos, mi directora de *casting*, en pocos días he tenido la oportunidad de conocer a dos exvecinas más, y las dos, al igual que *l'àvia* Jo, hablaron de los momentos pasados en el terrado.

Escucho un trozo de conversación al azar de Elvira, cuñada de Carmen:

«Mucha gente creía que el interior de La Pedrera era oscuro y tenebroso, y en realidad es todo lo contrario. Y más nuestro piso, que daba a los dos patios interiores. Al principio, cuando llegamos a vivir aquí —su voz suena alta y decidida en el aparato—, casi no teníamos muebles y los hermanos nos movíamos en patín o bicicleta; pero poco a poco el piso se fue llenando de cuadros, libros, discos, un piano de cola pequeño... A medida que fuimos colocando muebles, los problemas fueron para mi madre, para poder adaptarlos a las curvas de las paredes, a las columnas, que parecían formar parte de un ballet; en concreto, una solitaria, al lado del comedor, que mi padre amenazaba con cortar y que al final se usó para sostener un viejo reloj de pared. Confeccionar las cortinas fue también complicado, dada la altura y la irregularidad de los techos. Mi madre compró la escalera más larga que encontró en el mercado y entre tres subían y bajaban aquellos regios cortinajes.»

Asiento sin querer. Me siento muy identificada con esta anécdota. Una de las primeras cosas que tuve claro al entrar en el piso es que algunas habitaciones pedían a gritos unos visillos o unas cortinas. Y fue tan difícil convencer a Paul de que unos cuantos metros de tela nos protegerían de los turistas y darían calor de hogar a un piso de techos altos y pasillo con suelo de mármol, como laboriosa fue su confección.

Cuando le explicaba los pormenores del asunto cortinas, que encargué a una portera del barrio —en lugar de a una tienda especializada, para que salieran más baratas—, Paul bromeaba con que acabarían diagnosticándome un trastorno obsesivo-compulsivo. Yo me reía por no llorar, me sentía culpable por haber montado aquel tinglado. Incluso soñé un montón de noches con ellas.

Mientras considero seriamente la posibilidad de que las discusiones más fuertes entre Paul y yo hayan estado siempre relacionadas con la casa, la voz de la cuñada de Carmen continúa sonando en el aparato, orgullosa de mantener vivos ciertos recuerdos:

«El matrimonio Milà había viajado mucho y se habían traído objetos comprados en distintos países. Lo tenían todo expuesto, mezclado con los muebles de época, como un armario japonés de laca negra con incrustaciones. Recuerdo a doña Rosario, vestida de negro, contando alguno de los desencuentros que tuvo con Gaudí y muy cariñosa con los niños, quizá porque ella nunca tuvo hijos.»

89

Oigo que a lo lejos un obrero pone en marcha un taladro y subo el volumen de la grabación:

«La calefacción era de carbón...»

Al primer taladrador se le suma un segundo y un tercero. El ruido de la obra es ensordecedor. Subo un poco más el volumen y me acerco el móvil a la oreja.

«... nos lo traían en enormes sacos de una carbonería y estos se guardaban en el trastero que cada piso tenía adjudicado en el desván, bajo el terrado. Aquellos trasteros servían, además, de lavaderos donde las chicas hacían la colada, que a continuación subían al terrado y extendían entre las chimeneas. Esta es una de las imágenes que más me ha quedado de la infancia: la ropa tendida con pinzas y yo subiendo y bajando aquellas escaleras.»

Bien. Marco también esta parte para cuando quiera editarla.

Finalmente recupero la voz de Gema:

«Los padres de mis amigas no las dejaban venir aquí, les daba miedo la casa. El desván era una maravilla, perfecto para jugar al escondite o al pilla pilla. Tengo muchos recuerdos con mis amigas arriba, en la buhardilla. Estaba muy oscuro, casi no había bombillas, y había que saberse de memoria dónde se encontraban los interruptores. Había muchos recovecos en los que refugiarnos. Más tarde hicieron los apartamentos. Al principio los alquilaban por semanas. Y comenzaron a llegar marineros, marines americanos, como los del portaaviones Saratoga, que subían y bajaban por las escaleras borrachos. Desde mi dormitorio los oía llegar y sus gritos me daban miedo. Era una niña…»

Se está refiriendo a los apartamentos donde vivió Paul. Después de los marineros, él y sus amigos hicieron suya la zona alta del edificio. Los dúplex eran pequeños pero el de Paul tenía una puerta que lo comunicaba directamente con la gran terraza. Antes de que La Pedrera se habilitara para enseñar, Paul salía por las noches a la terraza a mirar las estrellas, escuchar música o a hacer el amor. Disponía de uno de los terrados más especiales de la ciudad para él solo. No era suyo, pero lo disfrutaba como el que más.

Yo tengo al marido más especial de la ciudad para mí sola, pero ya no lo sé disfrutar. Qué putada.

90

*D*esayuno con Desirée en el Bauma. Lo nuestro siempre han sido los desayunos. Y el de hoy es una despedida. Calcula que estará fuera medio año. Desirée es fotógrafa y guía turística, y cuando está en Barcelona ayuda a una amiga en una tienda de animales. Hablando sobre bozales le confieso que yo utilizo uno por las noches. No es un bozal al uso, sino una placa para que las mandíbulas descarguen sobre ella la tensión. Al principio me resistí. Cómo iba yo a dormir con aquello, me encaré con el dentista. Pero no ha habido opción. Las apariencias engañan y resulta que acumulo tanta tensión que, sin darme cuenta, mientras duermo me estoy cargando la dentadura. Es curioso porque siempre acabo contándole a Desirée intimidades de mi vida privada y ella tiene ese arte de no contar nada de la suya.

De vuelta a casa me enamoro de un kit de limpieza expuesto en un escaparate. No estaría de más reemplazar el viejo, llevamos ya cuatro meses de obras y el nuestro ha quedado hecho polvo. Al llegar a La Pedrera me abro paso entre los turistas cargada con el mocho, el cubo, la escoba y el recogedor. Qué idiota, no tenía que haberme dejado llevar por el impulso de comprarlo, a veces me olvido de dónde vivo. Ahora me tocará subir en el ascensor en plan maruja rodeada de la gente que trabaja en las oficinas.

Me dirijo al ascensor. «Que esté vacío, que esté vacío, por favor», voy rogando por dentro. Abro la puerta y, efectivamente, dentro de la cabina no hay nadie. Pulso el botón del tercero y en el tiempo que tarda la maquinaria en reaccionar se abre la puerta y entra Cristina, la coordinadora de azafatas, acompañada de un hombre.

—Hola, Martina, ¿os conocéis? —pregunta señalando a su acompañante.

Aferrada al aparatoso kit de limpieza, niego con la cabeza.

—He sido vecino del edificio. Viví aquí con mi familia muchos años —oigo que dice el hombre.

Cristina hace las presentaciones:

—Alfonso Monset. Martina Meseguer.

Enterarse Alfonso del proyecto que llevo entre manos y ofrecerse a presentarme a *mossèn* Josep Maria Ballarín es todo uno. Para mí, uno de esos momentos de suerte con los que te sorprende la vida. El capellán es un personaje queridísimo en Cataluña, un gran humanista. Alguien a quien jamás se me habría ocurrido relacionar con La Pedrera. Pero da la casualidad de que es primo de Alfonso, Alfonso lo adora y han compartido dormitorio en el edificio.

Nos ponemos de acuerdo para hacer una visita juntos al capellán, que vive en Berga. Durante el trayecto en coche de Barcelona a Berga, tanteo a Alfonso en la autopista. Necesito que me ponga en antecedentes, que me hable de su relación con el *mossèn* y, sobre todo, olvidarme de mí. No quiero liarla. Me cuenta que vivían en una torre en Sarriá y que, después de la Guerra Civil, se trasladaron al edificio de La Pedrera, donde alquilaron el piso en el que en la actualidad se encuentra el conocido bufete de abogados Ramos y Arroyo. Averiguo la relación exacta de parentesco que existe entre él y el *mossèn,* al que en breve tendré ocasión de conocer en persona. *Mossèn* Ballarín es Monset de segundo apellido.

Llegamos a Berga sobre las cinco de la tarde. El capellán, fino y largo como un lápiz, nos espera sentado en el salón de un piso modesto, con unas sencillas estanterías de madera abarrotadas de libros y las persianas bajas. Alfonso nos presenta:

—Pepe, Martina vive en La Pedrera y quiere hablar de los inquilinos de la casa en su próxima novela. —Alfonso, unos diez años más joven que yo, tutea como es lógico a Ballarín, pero a mí no deja de sonarme raro. Ese Pepe, dirigido a un hombre tan mayor y respetable, me chirría—. Hemos venido para que le cuentes lo que recuerdas —precisa en un tono de voz muy alto y en castellano, lengua en la que el *mossèn* no parece hallarse demasiado cómodo.

—Mi madre vivía con unas monjas —comienza amablemente Ballarín—, y el tío, el abuelo de este chaval —señala a Alfonso—, me protegía. Me hacía de padre. Recuerdo que me reunía con mi madre en La Pedrera y siempre pasaba las vacaciones en la casa. Celebrábamos a lo grande la Navidad y el santo del tío, *l'avi* de ellos. —Vuelve a señalar a Alfonso, y yo, a lo largo de la entrevista, me iré acostumbrando a que el tío de uno es a la vez el abuelo del otro—. Para mí, ir a aquel piso era normal, era mi hogar en Barcelona. El tío, que estaba separado de su mujer, vivía rodeado de sus hijos y nietos.

Sentados uno frente al otro, se ríen los dos recordando antiguas bromas.

—El tío era un hombre educado, elegante, de los que se arreglan para cenar, un señor de otro tiempo… Cuando canté misa, nos reunimos como unas cien personas y después fuimos todos al piso de La Pedrera a celebrarlo.

—Decías misa en La Pedrera. Cuéntaselo a Martina, anda —lo anima Alfonso.

—El tío y sus hijos, los Monset, me regalaron un cáliz —rememora orgulloso.

—¡Decías misa en La Pedrera! ¡Cuéntalo! —Alfonso lo apremia excitado—. Utilizabas la mesa del despacho del *avi* como altar, abríamos las puertas correderas y colocábamos filas de sillas en el salón para que los invitados pudieran asistir al oficio. —El trato es de lo más familiar. Alfonso se dirige a él casi gritando, diría que con cada nueva frase aumenta el volumen unos decibelios.

Hablan de los bautizos, bodas y funerales que Ballarín ha oficiado para la familia. De lo arropado que se encontró el *mossèn* entre la familia materna, y de lo unidos que han estado los primos durante toda la vida. Y eso que, por muchos votos que Ballarín hubiera hecho, no debía de ser fácil tener unos primos rubios y simpáticos, ricos y de derechas, que residían en un piso enorme en pleno Ensanche mientras él y su madre subsistían de la caridad.

Como si leyera mis pensamientos, el *mossèn*, revolviéndose en la butaca, señala:

94 —Mi abuela me repetía: «Tus primos tienen mucho que perder y tú mucho por ganar». —Y se queda en silencio. Con las manos sobre las rodillas y la mirada perdida.

Alfonso aprovecha la pausa para mostrarle el álbum de fotos que ha tomado prestado de casa de su madre:

—Mira esta foto, Pepe, el bufete del comedor donde se guardaba la vajilla, ¿te acuerdas? —le pregunta su primo con el entusiasmo de un niño—. Y aquí el despacho, ¿ves los cuadros? ¿Ves esta estatua? ¿Te acuerdas de…? —sigue preguntando en un volumen excesivamente alto, con una voz infantiloide, tomada por la emoción de que Ballarín pueda contarme historias interesantes.

El *mossèn*, que no parece emocionarse con las fotografías, se vuelve hacia mí:

—¡Tú, Meseguer! —dice con tono expeditivo.

Al presentarme se ha quedado con mi apellido, ya que unas importantes colonias textiles de la zona, unas colonias instaladas en la zona alta del río Llobregat, habían pertenecido a mi familia. Siente curiosidad por ubicarme. Menciona algunos nombres, yo otros, nos esforzamos, pero no acertamos con algún conocido en común.

—¿Sabes qué? Tengo noventa y cuatro años y hablo de gente que tú no llegaste a conocer.

Calculo que si mi padre viviera, tendría ahora ochenta y cinco años. Pienso que durante años creí que nunca querría a otro hombre que no fuera él. Es mucho más fácil enamorarse de un hombre que quererlo.

—¡Mirad esta!

Alfonso sigue pasando las páginas plastificadas del álbum de fotos. El *mossèn* las mira de nuevo por encima.

—¿Sabes qué pasa, *noia*? Gaudí hizo una casa con unos espacios en los que te encontrabas bien, daban paz, pero había cosas raras. El cuarto de baño tenía una columna en medio, el dormitorio de servicio quedaba demasiado escondido…

Alfonso aparta el álbum a su pesar.

—Había una cosa difícil de explicar en La Pedrera. El pasillo —puntualiza solemne Ballarín, que habrá olvidado que yo vivo en uno de los pisos—. Cuando llegaba y tocaba el timbre de la puerta, ellos —apunta con el índice a Alfonso— corrían para recibirme. En un piso de La Pedrera los chavales podíamos correr, saltar, ir en bici… Jugar a fútbol no, no nos estaba permitido, y eso que a mí el fútbol me apasiona. El de La Pedrera es un pasillo en el que caben dos personas sin chocar, hasta te puedes sentar a leer un libro.

Es cierto. Yo nunca me he parado a reflexionar sobre la buena circulación del pasillo ni me he sentado nunca a leer un libro, hay rincones más acogedores para hacerlo, pero es así, muy ancho y luminoso, una estancia más del piso, un espacio con su personalidad independiente. Por las noches me encanta pasear por él y entretenerme en mirar por los ventanales bien la terraza, bien las estrellas y la luna. Me produce una sensación de irrealidad, como de estar en un castillo o formar parte de un hermoso cuento.

—… y las baldosas de algunas habitaciones, el mosaico del suelo con motivos de mar, medusas, estrellas y caracolas —prosigue el capellán.

La Pedrera impresiona, pero lógicamente debía de impresionar muchísimo más en aquella época de posguerra, unos años de escasez y miseria, de extrema pobreza. Y para el *mossèn* niño, adolescente, cuya madre dependía de la bondad y buena administración de unas monjas, el contraste de un ambiente con otro tenía que ser enorme.

—Coño, era una maravilla mirar hacia abajo —sentencia divertido.

Me río con la expresión. Y él dice con orgullo:

—Yo hablo como un militar. Hostias y coños. Las palabrotas me salen como jaculatorias.

Y ahora también se ríe él. *L'enfant terrible,* ordenado sacerdote.

La conversación sobre sus recuerdos en la casa va perdiendo fuerza. Hace un rato, mientras circulábamos por la autopista, habíamos comentado la afición de mossèn Ballarín por el Barça y su intensa implicación en los movimientos catalanistas. Alfonso le incita ahora para que hable de todo ello y el *mossèn* lo hace, pero enseguida nos sorprende preguntando:

—Oye —Ballarín se dirige a mí—, ¿estaréis mucho rato aquí? —tantea dando un nuevo vuelco a la conversación.

—Todo el que sea necesario —responde Alfonso a mi derecha.

—Pues Alfonsito, vete a doña Emilia y pídele un puro.

—¡Ostras, ya empezamos! No voy. No me da la gana. No quiero pedirle un puro a Emilia porque me la voy a cargar —simula reticente Alfonso, imitando de nuevo la voz de un crío.

—Ve a doña Emilia y pregúntale dónde tiene los puros de Nicaragua. Ve, corre, ¡corre!

—Eres de lo que no hay, Pepe. ¡Mira que fumar con un solo pulmón! Anda, cuéntale a Martina por qué tienes solo un pulmón, venga, que yo te oiga —le pica Alfonso para que continúe explicándose.

Sigo con la mirada a Alfonso, que se levanta y desaparece por la puerta del salón. El *mossèn* y yo nos quedamos a solas.

—Antes te he contado la historia de los Monset durante la guerra —dice él con aire derrotado—. Pues la historia de la familia Ballarín fue igual de trágica. Mi padre y mi hermana murieron de hambre. —Marca una pausa en la que clava muy serio sus ojos en los míos—. ¿Me explico? —La barbilla le tiembla ligeramente.

Aparto la mirada de la suya y bajo la cabeza. Nunca se está preparado para oír unas palabras de ese calibre. Pero el dolor y la tristeza están siempre al acecho, listos para arruinar cualquier momento… Cualquier vida.

Las lágrimas inundan mis ojos. De pronto recuerdo que he comprado unas pastas de té. Me levanto murmurando algo a propósito de la merienda. Le doy la espalda y me eternizo junto a la mesa quitando con cuidado el papel que envuelve la bandeja de cartón. Otra vez en las mismas, imposible dominarme. Lloro por el *mossèn*, porque ha tenido que vivir con esta pena en el corazón, por el padre, por la hermana, por lo injusta que es la vida. Lloro por todo el mundo, hasta por mí.

Recuerdo cuando me hicieron pruebas y me dijeron que no tenía cáncer en la zona abdominal. El alivio que sentí. La dificultad para asumir después que mis problemas venían de la cabeza. La euforia cuando, a fuerza de informarme, pude sustituir «problemas de cabeza» por «alteraciones emocionales». Y estas por «ansiedad». Lloro por la montaña rusa en la que estoy metida. Porque Paul encubre algo, porque no estoy siendo un buen ejemplo para mis hijas, porque no puedo más de encontrarme mal…

Emilia aparece en el salón con el puro solicitado en una mano y un cenicero en la otra. Alfonso la sigue pisándole los talones. Con el antebrazo me limpio la cara.

—¿Qué es esto, nena? —El capellán, de golpe recobrado, señala la bandeja con las pastas que dejo sobre una mesita auxiliar junto al cenicero después de quitarme las últimas lágrimas con los dedos.

—Le hemos traído unas pastas de La Farga, ¿le apetece probarlas? —acierto a preguntar sin levantar la mirada de la bandeja.

—Lo siento, pero ahora no. —Y las aparta sin contemplaciones para acercarse el cenicero—. Lo importante de la memoria es saber olvidar —afirma mientras enciende ceremonioso el puro.

Y yo me quedo con esta sabia frase para volver con el bolso un poquito más lleno a Barcelona.

—Pepe, ¿quieres beber algo?, ¿agua? —le ofrece Alfonso.

En el pequeño salón hace calor, y ahora, con el humo del puro, cuesta respirar.

—Pediría un coñac, pero no lo haré. —Da una larga calada al puro—. Estoy pasando una vejez que no tiene precio y se la debo a doña Emilia. Como y ceno mejor aquí que en el hotel Majestic cuando me invitaba la directiva del Barça.

El piso donde estamos pertenece a Emilia, una señora de mediana edad de aspecto nórdico que al quedarse viuda acogió al *mossèn*. Desde entonces viven los dos juntos. Emilia es la discreción y la dulzura personificadas, una mujer sin afán de protagonismo que se dedica en cuerpo y alma a atender las necesidades de Ballarín.

—Cuando me encuentre delante del Señor, que no tardaré mucho, le diré: «Las he pasado bastante putas». —Continúa él, entre provocativo y burlón. Hace una pausa para disfrutar del puro—. Él me contestará: «Pero no te has aburrido». —Clava sus ojos en mí, unos ojos oscuros de pupila dilatada que le bailan intentando atrapar las últimas partículas de vida que flotan a su alrededor, y resuelve con cierta resignación—: Es que sin humor no hay nada, *noia*.

Poco después se levanta renqueante de la butaca. Inestable en su metro noventa de altura. Ha llegado la hora de despedirnos.

Le sonrío mientras enlazo mis manos con las suyas convencida de que no le queda mucho y segura de que no volveré a reunirme con él. Bajo los pocos escalones que nos separan de la portería enamorada de *mossèn* Josep Maria Ballarín.

*T*umbada en mi *chaise longue* contemplo las paredes de la salita, junto a mi dormitorio. Unas paredes desiguales, curvas, sin ningún ángulo recto, que al principio se me presentaron como enemigas. Unas paredes que no me permitían colocar estanterías para ordenar mis libros porque, por más que las pusiera en una u otra posición, siempre quedaban torcidas. Unas paredes, como las del resto del piso, con demasiado carácter, que trataban de impedir que yo, una treintañera ajena por completo a la historia del edificio, pudiera instalarme a mi antojo y hacer mi nido.

Nuestra relación, la del piso y la mía, cambió no hace mucho con algo tan simple como es el color de la pintura: pesara a quien pesara, iba a pintar, poner plantas y arrinconar los cuatro muebles a los que tenía manía, entre ellos la cabeza de gallo disecada y el cuadro del avión en llamas. Ninguna intervención agresiva. Soy la guardiana de este espacio y ni se me ocurriría. Pero necesito estar a gusto con lo que me rodea. Igual que cuando salgo a la calle y voy incómoda con lo que llevo puesto, no veo el momento de volver a casa para cambiarme. Lo que para muchos son bobadas, a mí me influyen en mi estado de ánimo.

Desde que me atreví con estos pequeños cambios, siento que las formas redondeadas tanto de las paredes como de los techos, las puertas o las ventanas me envuelven y me arropan. Entiendo que la posición de las estanterías es irrelevante y que la personalidad del edificio me da seguridad. Descubro en él la belleza que antes no veía, la belleza y singularidad que admira la gente que aguarda horas en la acera para comprar una entrada. A medida que hago la casa mía, me hago fuerte. Y a medida que yo me hago fuerte, Paul se rebota.

Esta salita de la parte trasera del piso, llena de luz natural, con mi *chaise longue*, mis libros, mis alfombras, mis velas, limpia de herramientas y topes de puerta es un oasis, el útero materno, mi zona de confort para los días que, como hoy, no puedo dar un paso porque me duele la tripa y me cuesta respirar.

Lo de hoy ha sido una clara reacción causa-efecto. Bronca con Paul durante el desayuno y, en el acto, un intenso dolor de tripa. Pero no siempre la respuesta es tan clara, y de ahí el desconcierto de los médicos al principio. La discusión de esta mañana ha sido por dinero, y lleva días coleando.

102 Paul tiene una relación peculiar con el dinero. Una relación más que hablada y admitida por su parte. La de un hombre austero que puede estar varios días moviéndose por la ciudad con la cartera vacía, llevando encima solo la tarjeta del metro y un par de monedas en el bolsillo. Entiendo que si no fuera por nosotras, llevaría una vida espartana. Y entiendo también que es un genio y estos se alimentan de ideas. Pero…

Paul abre la puerta de la salita y pregunta sin mirarme:

—¿Te funciona el wifi?

Anoche no había conexión. De pronto caigo en que la palabra «generosidad» tiene otras connotaciones aparte de la de ser desprendido con el dinero. Si no fuera por su generosidad, por la paciencia que ha tenido enseñándome informática, aún estaría tecleando en mi vieja Olivetti.

En un ataque de cariño me levanto de la *chaise longue* y me acerco a él, que se ha quedado mirando un enchufe que se ha desprendido de la pared, y lo abrazo por la espalda. Está a punto de irse y no me gusta separarme de él sin hacer las paces. Noto cómo sus músculos se contraen y se pone rígido.

Abrazarlo es como abrazarse al tronco de un árbol. No necesita el contacto físico. Yo, sin tocar, muero. Necesito piel, algo que a él le desagrada.

Una vez más me siento impotente, y las lágrimas acuden a mis ojos. Llorar se está convirtiendo en una mala costumbre. Me trago las lágrimas como puedo, no sea que Paul me recuerde su vieja teoría de que a las mujeres al nacer nos es adjudicado un cupo determinado de lágrimas y cuando este cupo está a rebosar no queda otra que irlas soltando.

Nos estamos alejando peligrosamente. Antes solucionábamos nuestras diferencias haciendo el amor, pero ¿hay alguna pareja que continúe haciendo el amor después de casi tres décadas juntos?, me pregunto con los ojos aún llenos de lágrimas y el corazón destrozado, mientras Paul desaparece de mi vista.

No follamos y lo habíamos hecho como locos. No había nada que me gustara más. Ahora, con las pastillas, la libido ha quedado relegada a un plano secundario. Pero Paul no está en tratamiento y, que yo sepa, a su libido no le ocurre nada. Es posible que no le atraiga físicamente, con la medicación me estoy quedando en los huesos y a él siempre le han gustado las mujeres rellenitas. No descarto que esté harto de hacer el amor con la misma persona tantísimos años. Evidentemente debe de haber un porqué, pero no doy con él. No lo pillo.

$\mathcal{H}$a llegado el mes de mayo. Harta de los grises y negros, me envuelvo en un chal indio y bajo por las escaleras preparada para una nueva entrevista que me ha organizado mi directora de *casting*. He quedado con Elvira de Castro, la propietaria del establecimiento en su día conocido como Modas Parera, una referencia del buen vestir entre la burguesía catalana de las últimas décadas del siglo pasado. Me ha propuesto citarnos en el café de La Pedrera.

Encuentro a Elvira sentada en la terraza junto a Carmen Burgos. Ocupo la silla que permanece libre en medio de las dos.

—Martina, ¿te encuentras bien? —pregunta Carmen con cara de preocupación.

¿Tanto se me nota que esta noche no he dormido? No he logrado conciliar el sueño por culpa de Paul. Hasta ahora no había caído de que puede estar tonteando con otra, y es lo que tiene más sentido. Cualquier mujer sana es más sexi que yo. Y si además resulta ser una becaria gordita y recién llegada...

—Se te ve triste —concluye Carmen haciendo girar su bastón. Y sin esperar respuesta se dirige a Elvira, una mujer mayor y menuda, de pelo corto rubio, con pantalones negros y blusa estampada de leopardo—: A Martina se la ve siempre con una sonrisa. Es lo mejor que tiene, sonríe. —Hace una pausa de las suyas y murmura—: O sonreía...

Se me escapa un suspiro. Carmen habla de mí como si yo no estuviera presente y no me siento con fuerzas para contradecirla. Además, Las Literatas, las cuatro amigas con las que más me relaciono en esta época de mi vida, estarían de acuerdo con ella. Cuando comenzamos a tratarnos solían decir que yo era una persona que transmitía alegría, y a mí me encantaba oírlo, pero ahora, aunque por prudencia se abstienen de preguntar, intuyo que están algo preocupadas. A Las Literatas las conocí hace diez años en un curso de literatura sobre la «Gran Novela Americana» y nos hicimos íntimas leyendo a Sinclair Lewis, a John Dos Passos y a William Faulkner. En estos momentos dos de ellas están con problemas. Una, en tratamiento de quimioterapia, y otra lleva cinco semanas ingresada por una pancreatitis aguda, cinco semanas sin poder beber ni comer, alimentada por una sonda. No paramos de enviarnos wasaps para que ninguna se sienta sola. La idea es compartir lo bueno, alegrarles los días. Sobre temas personales, tocamos solo lo indispensable. Tampoco de política, para no herir susceptibilidades. Solo vale el mundo que nos hemos creado las cinco, con nuestros iconos, regalos virtuales, fotos, vídeos, bromas que estiramos y alargamos, un mundo surrealista y optimista. «Pareces una adolescente», me riñe mi hija mayor cuando el iPhone no para de sonar y me oye soltar alguna carcajada.

—Tesoro, no te apures, yo te veo bien. Solo algo chupada de cara. —Elvira interrumpe mis pensamientos dándome un ligerísimo toque en la pierna con la punta del zapato—. Y el chal que llevas es precioso.

Le dedico una sonrisa y me enderezo en la silla dispuesta a dejar de pensar en Paul y a no perderme ninguna de sus explicaciones.

—Este barrio era mi vida —empieza ella—. Y no donde vivía. En mi casa solo dormía —aclara pizpireta.

Me cuenta que se ha quedado una plaza de garaje en el

subterráneo del paseo de Gracia y que de tanto en tanto viene a pasear por el centro. Se la ve activa y charlatana.

—Toma, tesoro —farfulla sacando del bolso dos papeles pequeños que deja sobre la mesa—. He preparado unas chuletas para no olvidarme nada. Lee en voz alta a ver si entiendes la letra —añade nerviosa entregándome uno de ellos.

Deslizo la vista por el papel y comienzo a leer, esforzándome en elevar la voz por encima de la anarquía acústica que nos rodea:

—«Nos alquilaron los bajos de La Pedrera y abrimos la tienda en 1955. Mamá era una gran modista. ¿En aquel edificio tan feo vas a poner una casa de modas?, nos preguntaba la gente. No era el centro comercial de la ciudad pero nos fue muy bien de inmediato.»

Un camarero espera para tomar nota. Pedimos tres cafés y continúo leyendo:

—«Una de las primeras clientes fue Gala. Encargó unos vestidos y al cabo de un rato vino Dalí y se sentó en el sofá a esperarla.»

Dejo de leer y levanto la vista hacia Elvira, que se agita inquieta en la silla.

—Elvira, ¿cómo era Gala? —no puedo evitar preguntarle en plan cotilla.

—Gala era tal como siempre la vemos en la televisión. Seria. Malcarada.

—¿Era guapa? —insiste Carmen haciendo larga la pausa entre «era» y «guapa».

—La guapura sale de dentro —subraya Elvira—. Hay mujeres a las que todo el mundo mira les pongas lo que les pongas. —Me examina con atención de la cabeza a los pies—. Estar delgada como tú y tener unos buenos hombros… La percha hace mucho —asegura dando nerviosos golpes con los nudillos sobre el papelito para que continúe leyendo.

—«Teníamos clientas riquísimas —reemprendo la lectura

de la chuleta en el punto donde la había dejado. Me esfuerzo en modular la voz, en respetar los cambios de tono. Menos mal que no hay nadie en la mesa de al lado—. ¡Madre mía, la de trajes y joyas que lucían! —Se podría decir que nuestra labor era casi alta costura.»

Carmen, sentada a mi derecha, va diciendo que sí con la cabeza mientras acaricia su bastón.

Siento que aquí tengo que intervenir y aportar una pequeña anécdota personal a la reunión. Sin soltar el papelito, le cuento a Elvira que cuando vine a vivir a La Pedrera me invitaron a una fiesta de tiros largos; no tenía el bolso de noche adecuado y entré en su tienda. Le expuse a la dependienta que necesitaba un bolso de noche para un compromiso y ella sacó un papel y un bolígrafo de debajo del mostrador y dijo: «Usted lo dibuja y nosotros lo hacemos». Me excusé como mejor supe. Claramente me había equivocado entrando, el bolso lo necesitaba con urgencia, como mucho para dentro de dos días.

El camarero deja sobre la mesa los cafés y una bandejita con la cuenta, y se queda esperando a que abonemos el importe. Elvira y Carmen rivalizan por pagar. Ninguna da su brazo a torcer. Las veo tan fuertes y prácticas que por un momento pienso que si sus maridos se hubieran encaprichado de otra, tanto una como otra habrían finiquitado el tema en un plis plas. No les habría quitado un minuto de sueño.

Al final, entre las dos reúnen la suma exacta con monedas. Elvira reclama de nuevo mi atención:

—Y en este otro papel he hecho estos dibujos. —Desliza el segundo papelito hacia mí. Me fijo en los anillos y pulseras que lleva, de diferentes estilos y mezclados con gusto—. Observa, tesoro, aquí he dibujado la sastrería Mosella, justo al lado….

Carmen la interrumpe:

—¡Oye! ¿Tú te acuerdas de la vendedora de periódicos, la de la esquina? —pregunta como suele, muy muy despacio.

—No sé.

Me entra la risa. A *l'àvia* Jo —la abuela de una amiga de mis hijas, mi segunda entrevistada— también le estuvo insistiendo con esa historia. Para disimular miro hacia arriba. Me fijo en que han cambiado la lona de publicidad que cubre parte de la fachada de La Pedrera, Swatch ha sustituido a Versace, como Versace con anterioridad sustituyó a Hugo Boss, y este en su momento a Nissan. Recuerdo que la primera vez que se limpió la fachada de la casa tuvimos una gran sorpresa al quitar las lonas: descubrimos que la piedra de origen era blanca y no gris, que el gris era ni más ni menos que porquería.

—Llevaba siempre un pañuelo en la cabeza. Tenía una hija que se llamaba... Conchita —Carmen, imperturbable en su silla, agarrada al bastón, le da pistas a Elvira para ayudarla a recordar a la vendedora de periódicos.

—Ahora están los top manta, ¿no? —Oigo que corta Elvira, solventando con maña el asunto.

En la esquina, a pocos metros de donde estamos sentadas, un vendedor ambulante de raza negra acaba de instalar su puesto en un abrir y cerrar de ojos. Un hombre con el torso desnudo, traje de baño y chancletas se detiene a echar una ojeada a las gafas de sol y a los bolsos de imitación expuestos sobre unas sábanas blancas en el suelo. Unos rusos ocupan la mesa que hay junto a la nuestra. A ellas se las distingue a kilómetros de distancia. Altas, blancas, rubias, cargadas con bolsas. No sé qué me molesta más, si el feísmo y vulgaridad en la calle, el falso lujo en las tiendas o la falta de barceloneses en la zona.

En nuestra mesa, la conversación se apaga poco a poco:

—Bueno, nenas, os dejo que tengo que hacer un par de recadillos. —Elvira se levanta ágil de la silla—. Tesoro, si no entiendes el significado de los dibujos o necesitas algo más, solo tienes que llamarme —se ofrece colgándose con gracia el bolso en el hombro—. ¿Te he dicho que vengo mucho por aquí?

Nos lanza un beso con la mano y la figura pequeña y coquetona de Elvira de Castro se pierde, acompañada de sus recuerdos, entre la muchedumbre.

A menudo tenemos la certeza de que algo sucede sin poderlo explicar con la razón.

A las pocas semanas de comenzar a salir, Paul me dijo una noche que no iba a cenar, que prefería acostarse pronto porque no se sentía bien. Aún no había decidido si quedarme con él en La Pedrera o volver a mi apartamento del Putxet cuando sonó el timbre. En el rellano, una amiga suya. Morena y guapa, entrada en carnes y vestida de negro riguroso. La invité a pasar.

Se ve que esa tarde se habían encontrado por la calle, Paul le había comentado que estaba griposo y a la chica se le abrió el mundo. Con la excusa de asegurarse de que no necesitaba nada, se había presentado en casa sin imaginar que Paul estaría acompañado. Yo conocía a la chica de vista, y sentadas en el salón frente a la bebida que le había ofrecido, fuimos improvisando temas. Procurando no levantar la voz para no molestar a Paul y tratando de llevar la situación con la mayor dignidad posible.

A partir de esa noche me empecé a fijar con más atención en el imán que tenía Paul para las mujeres. Se las arreglaban para coincidir con él en el restaurante donde comía casi a diario o donde solía tomar el café, se dejaban caer por su estudio con cualquier pretexto o lo seguían por todos los saraos que se celebraban en la ciudad. Las había que telefoneaban a casa y colgaban si yo contestaba. Una se quiso cortar las venas cuando se enteró de que yo estaba embarazada y otra siguió erre que erre pululando a su alrededor. Aún hoy, cuando alguien menciona el nombre de esta última, pegamos un brinco los dos recordando lo insistente que era la tía.

Un brinco como el que acaba de pegar ahora mismo Paul, que se remueve nervioso en la cama. Estamos los dos juntos bajo el edredón como cada mañana. Lleva puestos los cascos y escucha música serio y concentrado. El otro día apareció con una bolsa llena con camisas blancas y celestes. Insólito para un hombre que siempre viste de negro y que odia gastar. Si a esto le añado que era un mujeriego, que cada vez con más frecuencia llega tarde a cenar y que en casa está de malhumor, la conclusión fácil sería: infidelidad. Pero me resisto a creerlo.

Tengo intuición. Es un hecho. Y Paul lo sabe aunque no le gusta reconocerlo... O lo reconoce a medias. Pero así como mi intuición me decía cuando lo conocí que no era la única mujer en su vida, pero sí la favorita, mi intuición me dice ahora, pese a algunos momentos de confusión, que desde hace mucho aquel harén es un lugar abandonado y lleno de telarañas. Y si de algo puedo estar segura es de que mi intuición nunca falla. Porque es así: nunca falla.

Tal vez hay algo mío que le irrita y no me lo dice por pudor. Tengo curiosidad por saber lo que a Paul le disgusta de mí. Se lo he preguntado en numerosas ocasiones, pero no suelta prenda. Tratar de tirarle de la lengua para que me cuente cómo era de pequeño, que me hable de sus padres, de la relación con su hermano, de sus amigos del cole o de cualquier cosa es absurdo. Una causa perdida.

Alguna vez le he propuesto jugar a las adivinanzas:

«Te hago una lista de las cosas que imagino que no soportas de mí y tú solo tienes que decir sí o no con la cabeza».

Hago memoria de las cosas que se me han ocurrido y a las que, por supuesto, no ha contestado: sonrío y abrazo demasiado, le fastidia que cuestione sus decisiones, me repito cuando me enfado, le agobian mis problemas de salud, le molesta que no tenga oído para la música, odia que beba vino blanco, y más ahora que me estoy medicando, que continuamente le diga *Take it easy*, calma, que no corra tanto.

Me desperezo esforzándome en recordar alguna cosa más, cuando noto que Paul golpea con sus nudillos mi espalda. Miro de reojo el despertador. Es la hora. Cada mañana a esta hora me da unos ligeros toques para despertarme.

—Hola, cariño, buenos días —digo para que sepa que me he dado por enterada.

Deja los cascos sobre la mesilla de noche y se levanta.

Observo cómo se dirige al baño cabizbajo.

Siento lástima. A lo mejor tiene un problema que lo está consumiendo por dentro. Paul no sabe identificar, expresar y compartir las emociones; no sabe ponerles palabras. La primera vez que Paul me dijo que me quería fue el día que se enteró de que estaba embarazada. Estábamos haciendo el amor y me dijo: «Te quiero». Necesité unos segundos para reaccionar. Ahora me conformaría con un gesto o una mirada cómplice.

Oigo la cadena del váter y a continuación un débil silbido que significa que el cuarto de baño ha quedado libre. Es mi turno. En pocos minutos nos reuniremos para desayunar. Así ha sido durante veintiséis años. Pero hoy no me levanto: me quedo quieta abrazada a la almohada. No tengo prisa por desayunar.

Llevo media vida desayunando en compañía de una radio pequeña que hay en la cocina, y eso que no soporto el debate político nada más abrir un ojo, ni esas baterías interminables de anuncios. Empiezo el día con demasiado ruido en la cabeza. Cuando conocí a Paul ya estaba enganchado a la radio, tanto que hasta me contó que uno de sus sueños al llegar a Barcelona había sido montar una emisora en la montaña del Tibidabo. Lo encontré fantástico. Pero a mí desde hace mucho me molesta la radio, y más, en un momento tan delicado del día. Paul lo sabe

113

y no hace nada por evitarlo. Reconozco que hasta esta mañana yo tampoco había hecho nada, solo maldecir por dentro.

Para salir de la cama espero que Paul vuelva de la cocina y se meta en la ducha. Qué placer desayunar sola y en silencio. Qué placer y qué tooonta por no haberlo hecho antes. A partir de ahora Paul desayunará primero y yo después. Él escuchará la radio mientras desayuna, yo no. Y en paz. A gustito cada uno en su propia sintonía.

Contenta por haberme decidido a alterar nuestra rutina y que no se haya hundido el mundo, contenta porque de pronto siento que está en mis manos arreglar nuestra relación, me entran unas ganas enormes de achuchar a Paul. De reconciliarme de una vez por todas con él. Espero a que acabe de vestirse para darle un abrazo efusivo. Pero como de costumbre, él ni se inmuta: se queda tieso como un poste. Cojo su brazo derecho y lo coloco en torno a mi cintura. Mi hija me sorprende haciendo el gesto y nos da la risa. Entonces me animo y cojo su brazo izquierdo. Lo paso también alrededor de mi cintura. Nos reímos los tres. Yo me lo guiso, yo me lo como.

—Esta moda de que hay que abrazarse… —murmura mientras se abrocha la americana, y mi hija y yo ya no podemos parar de reír.

Lo quiero. Las tres lo queremos. Genio y figura hasta la sepultura.

*N*o entiendo cómo se me ha ocurrido salir de casa para ir a hacerme la manicura. Me encontraba con las uñas en remojo cuando la voz de Stevie Wonder ha sonado por los altavoces. *I just called to say I love you. I just called to say how much I care.* Me ha llegado tan adentro, he sentido una tristeza tan grande que me he puesto a llorar una vez más. Unas lágrimas aisladas, seguidas de un llanto largo y desconsolado, han comenzado a deslizarse por las mejillas. Me he hecho añicos sin escatimar el espectáculo: todo quisqui pendiente de mí. Pañuelos de papel, vaso de agua. Palmaditas en la espalda, frases compasivas. Palabras de ánimo. Muestras de solidaridad.

De vuelta a La Pedrera, sentada a la mesa de la cocina frente a la bandeja de la medicación, continúo sollozando.

Ayer Paul volvió a llegar tarde. Esta mañana me he enterado por una foto en un periódico digital que fue a una exposición acompañado de una amiga pintora en la galería Carles Taché. Me he quedado con el cuello rígido frente a la pantalla, inmovilizada por la tensión.

Tocaba interrogarlo: sabes que me encanta ir contigo a exposiciones, ¿por qué ayer no me lo dijiste? Pero ni espiar ni interrogar van conmigo: siento una especie de pudor. Y lo único que he sido capaz de hacer es enseñarle la foto en el ordenador esperando que se fijara en cómo su acompañante lo coge por la cintura y lo mira embelesada.

—*Yes* —ha dicho al verla.

Hermético. Ningún comentario más.

Con ganas de estamparle el ordenador en la cara, de gritarle: «¿Por qué coño te ha dado ahora por llegar tarde a casa? ¿Tienes algo con esa chica? ¿Te estás follando a alguien?», he ido a levantarme de la silla para quedarme frente a él pero me han fallado las piernas. Piernas de trapo, como dormidas. Un sudor frío me ha dejado la ropa empapada. Y apoyándome en las paredes, he corrido a tumbarme en la *chaise longue*, el refugio de todos mis males.

Al recuperarme, la sola idea de alejarme de casa para caminar como otras mañanas se me ha hecho una montaña. Pero como quedarme en un piso con las ventanas tapadas era todavía peor, he cogido y me he dirigido a un salón de estética filipino que han abierto en la misma manzana. Menuda gilipollez, ojalá no se me hubiera ocurrido.

116 ¡Riiing! El sonido del teléfono fijo me sorprende sentada a la mesa de la cocina con la manicura recién hecha y la cara bañada en lágrimas. Miro el teléfono colgado en la pared pero no lo cojo. Suena el móvil que he dejado sobre la mesa, junto a la bandeja de la medicación. Es Carmen Burgos, mi Pepito Grillo, que no deja de motivarme con nuevas entrevistas.

Carmen ha localizado al dueño de una antigua pensión que había en el edificio y habíamos quedado que hoy le haríamos una visita. Imposible. Solo de pensar en volver a salir a la calle me entra una nueva oleada de sudor frío. Me excuso, lo siento, se me ha complicado el día. ¿Podríamos ir mañana?

*D*icen que la memoria es selectiva y en general selecciona a nuestro favor. Nos ayuda a conservar una buena opinión de nosotros mismos.

La Policía ha detenido a otra banda que fuerza a chicas jóvenes a prostituirse. Es una noticia que siempre me impresiona, algo en lo que de joven podría haber caído de lleno. No tenía miedo, solo unas ganas locas de divertirme, de aventuras, de ligar. Ganas de cualquier experiencia aunque eso implicara irme al fin del mundo de la mano de un extraño. Recuerdo el título de mi primera novela. Se llamaba *Nunca quise morir virgen* y no llegó a publicarse.

Curiosamente todas aquellas locuras, que sin duda fueron muchas, ahora me dan una gran paz. Tanta que pienso que no me importaría desaparecer. Como el pescador olvida los peces pequeños que han picado el anzuelo y conserva su imagen posando con el atún gigante, puede que la memoria se haya encargado de limpiarlo todo. No sé. Pero estoy contenta con mi pasado. Mi presente, en cambio, no está a la altura. Llorando por las esquinas, con dolores que me cuesta entender, medicada, con miedo a salir de casa, a alejarme de mi zona de confort.

—¡Basta! ¡Basta! —grita desesperada mi hija desde la otra punta del piso.

Voy corriendo a ver qué ocurre.

Llego a tiempo de ver cómo mi hija mayor introduce el

portátil en la funda y cierra con furia la cremallera, llena una bolsa con cuatro cosas y se la cuelga al hombro.

—¡Hasta aquí hemos llegado! —Se precipita hacia la puerta de entrada y la cierra enfadada.

El estruendo del taladro reventando el suelo de los balcones puede oírse desde cualquier rincón, el polvillo se filtra por ojos y garganta, la falta de luz natural. Hemos entrado de lleno en una época oscura. Chanel, la interina dominicana, ha tenido un bebé y estará unos meses de baja. Se acumulan las camisas por planchar, las hojas muertas y el polen en el suelo de los balcones de atrás, y dejo pendientes un montón de tareas. Pero el caos casero no va a afectarme, estas contrariedades no van a poder conmigo. Aprovechando que los accesos a la casa resultan complicados y cuesta incluso que nos llegue una carta certificada, me abandono, no me cuido y tampoco cuido el piso.

El domingo aleccioné a la familia: si se oyen dos timbres, abrimos la puerta, dos timbres es alguien de la familia que quiere entrar y se ha dejado las llaves; si se oye uno, no abrimos, punto. Los tres me miraron como si desvariara pero estuvieron de acuerdo. Ya no vienen compañeros de la universidad a ver a mis hijas. Su sesión semanal de pizza y peli con los amigos ha quedado aplazada. De un día para otro, el piso ha entrado en una interesante decadencia. Ahorro en flores, no quemo aceite aromático, no persigo a mis hijas con la taza del desayuno ni a Paul con el martillo o los alicates. En lugar de dedicar unos minutos a dejar la cama como toca, estiro las sábanas en dos segundos. No recojo ni doblo las toallas de los cuartos de baño. Me dejo fluir.

Sentirme envuelta en una cierta dejadez no ha ayudado a rebajar el porcentaje de estrés familiar. Al contrario. La familia ha entrado, como el piso, en una época oscura y dolorosa. De crispación absoluta. En cuanto a uno de nosotros cuatro se le ocurre abrir la boca, el resto se rebota, y esa actitud me genera una gran inseguridad. Antes de dar un paso adelante visualizo la jugada, lo que voy a decir y lo que voy a hacer, no vaya a ser que alguien se lo tome a mal. Seguro que no soy la única. Sin embargo, minuto a minuto crece la tensión.

En las comidas y cenas mantenemos una incomodidad tímida, alimentada por los ruidos que nos llegan desde el otro lado de las ventanas cerradas, hasta que de pronto saltan chispas. Nada de ametralladoras que lanzan ráfagas y ríos de sangre zigzagueando por el parqué, ni siquiera insultos o portazos. Lo nuestro es más sutil: una frase irónica, un movimiento de cejas, un carraspeo, un cruce de miradas al que sucede un largo silencio. Gestos que te dejan arrugada en un rincón, hecha un trapo. Escenas que se van convirtiendo en costumbre.

Una vez finalizadas las comidas y cenas, en las que por regla general y por iniciativa de Paul se habla de arquitectura, abandonamos rápido la mesa. Paul coge la pequeña radio de la cocina y busca refugio en el altillo con sus herramientas. Desconecta de todo y de todos con suma facilidad. Imagino que, como a mí, le duele en el corazón haber llegado a esta situación y necesita distancia.

Por las noches, bajo las sábanas, me aferro al flotador, al salvavidas de los buenos recuerdos. Mis hijas siempre han estado muy orgullosas de la familia: *Big and happy family*, coreaban de niñas. Y a la pequeña le gusta recordar que para ella el mejor momento del día era cuando por la noche oía el ruido del manojo de llaves al caer sobre la mesita de entrada y el silbido que anunciaba la llegada de Paul. El piso pasaba a ser un hogar: los cuatro bajo el mismo techo. Diez minutos después estábamos en la cocina, con la radio a todo volumen. Entonces ella se ponía de puntillas encima de los pies de su padre y bailaban agarrados, deslizándose por las baldosas del suelo.

No puedo permitir que mis hijas guarden un mal recuerdo

de nosotros. Es lo que más me duele. Por ellas y por nosotros. No nos merecemos esto. No es la herencia que contaba dejarles. Deseo con todas mis fuerzas que acabe la restauración de la fachada, quiten los andamios y entre la luz. Que vuelva la alegría a esta casa. Que la pesadilla toque a su fin.

*P*rincipios de julio. Ya falta menos. Si no surge algún contratiempo importante, seis meses para que acaben las obras.

Ha llegado el día de acompañar a mi hija pequeña al aeropuerto. Primero fue Lausana, después París y ahora Nueva York. Grandes estudios de arquitectura que conoce y con los que contacta por la red. En el coche de vuelta a casa me viene a la mente el primer currículo que envió, que fue al estudio de Lausana. Iba a ser su debut en el mundo laboral y tenía tantísimas ganas de demostrarse, y demostrarnos, que podía ser autosuficiente que en una de las anotaciones finales incluyó que había sido campeona de windsurf. Me quedé de piedra, y tuve que hacer un gran esfuerzo para recordar que de pequeña se había apuntado a un campeonato de club; había sido la única chica que se había presentado y le habían entregado una medalla. Para comérsela a besos. Además, había adjuntado una foto en la que debe de tener siete u ocho años y está descalza sobre las piedras de una playa egipcia de Sharm el-Sheij, en la península del Sinaí; un espagueti rubio y delicado vestido solo con un pantalón blanco y un cochambroso hueso de animal que le sujetamos en el cabello como si fuera Pebbles Picapiedra. Hace solo un rato que nos hemos despedido con un abrazo de los nuestros, largo e intenso, pero sin permitirnos ni medio drama. A partir de ahora, y hasta que vuelva, nos relacionaremos por iPhone o por ordenador, con el que paso muchas horas al día, puesto que mi última adicción es el cine *online:* por una vez, una adicción barata e inofensiva. Una película solo para mí y en versión original. Un lujo. En mi habitación, con las puertas cerradas y el portátil sobre la falda, me aíslo.

Dejo atrás el aparcamiento del aeropuerto con la mente puesta en nuestras comidas de los jueves, en las numerosas cenas que en una época de nuestra vida me dio por organizar. Estaría bien volver a recibir a más gente en casa, abrazos y risas, conversaciones interesantes, sin que Paul simulara una tarea inaplazable o un repentino dolor de cabeza, sin palpar su impaciencia o captar una expresión de hastío en su rostro. No sé cómo, pero habría que volver a ser la pareja que fuimos; recuperar las sensaciones, la mirada de entonces.

Ojalá supiera qué hacer para conseguirlo. Ojalá pudiera pedirles a los obreros que me echen una mano. Ellos saben hacer su trabajo, yo no. Lo nuestro cae en picado. Y como no sé qué hacer para frenar esa caída libre, me encierro con mis pelis. Anteayer vi dos, una detrás de otra. Una de Jim Jarmush y otra de Polanski. Las vi *online*, rodeada de almohadas y cojines. Anoche, dos más, la belga *Alabama Monroe* y la francesa *La vida de Adèle*. Directamente en vena.

Con el coche detenido en el último semáforo de la Gran Vía antes de subir por paseo de Gracia, trato de guardar el teléfono para evitar tentaciones. Cae del bolso la novela que estoy leyendo, la obra autobiográfica de Karl Ove Knausgard, y cuento los minutos para sumergirme en ella. Le seguirá la obra de una autora de apellido impronunciable, Angelika Schrobsdorff. Impaciente también por leerla. El semáforo se pone verde y giro hacia la izquierda convencida de que, a estas alturas del partido, sin estos mundos paralelos la vida sería insípida y emocionalmente difícil de afrontar.

A cincuenta metros de La Pedrera tropiezo con un guía, un hombre que lleva una vara larga de aluminio con una cinta roja atada en el extremo superior, otra versión del consabido paraguas. Los turistas alineados frente a él observan el edificio enterrado bajo la lona mientras van pasando fotos de la fachada real, la fachada sin tapar, en su iPad. Otra forma de ver La Pedrera una vez has llegado hasta aquí y tienes la mala suerte de encontrarla cubierta.

Quinta lona publicitaria: Omega, Swatch, Versace, Hugo Boss y Nissan, cuento mentalmente atravesando la portería y empezando a subir la escalinata que me conducirá al piso que perteneció a doña Rosario, la primera propietaria del edificio, y que ahora es una sala de exposiciones. Subo los grandes escalones de mármol con la idea de encontrarme con Chiti, la más veterana de las azafatas. La localizo enseguida, de pie detrás del mostrador de la recepción. El piso mide mil trescientos cincuenta metros cuadrados y es un espacio de lo más sugerente. Durante mi proceso de documentación leí que, tras la muerte de la propietaria, se instaló la compañía de seguros Northern y después un bingo del que todavía se habla.

—Hola, Martina, qué estilosa. Siempre original. —Ríe Chiti. Y se deshace en piropos sobre mi nuevo peinado y mis gafas graduadas con cristales de color.

También yo me río contenta y, abalanzándome sobre el mostrador, le doy un abrazo tan fuerte que siento su pudor y mi crujir de huesos.

—Y tú… tan morena… —Al separarme de ella me fijo que tiene el labio superior muy hinchado.

—Ahora que no estoy en la puerta me hago UVA para ir manteniendo el color —me confiesa, y yo trato de disimular mi perplejidad.

Siempre la recordaré con su uniforme rojo y su cara bronceada, día y noche en la acera controlando el paso de los visitantes.

Le hablo de mi proyecto y le pregunto si le gustaría aportar algo.

—Pues ya que lo preguntas… Antes había periodos más

largos de relax, pero ahora es un continuo —me comenta tras mostrar entusiasmo porque haya contado con ella—. Siento que estoy en un sitio privilegiado. —Se refiere a la recepción de la sala—. A ver, yo abajo, en la puerta, también disfruté. Trabajar en esta casa me encanta. Vine hace quince años para hacer una suplencia y aquí sigo —explica risueña.

Mientras atiende a una familia, calculo las exposiciones que se habrán hecho en La Pedrera. La sala ha mostrado la obra de artistas como Goya, Malévich, Ródchenko, Kandinsky, Chagall, Dalí, Giacometti, Chillida, Mariscal, Fortuny, Madrazo, Maillol, Mompou…

—Mucha gente cree que la entrada a la exposición va incluida en el precio de la visita al edificio, otros regatean —comenta excusándose por mi espera—. ¿Dónde estábamos? Ah, sí…

Vuelven a interrumpirnos. Ahora son dos italianos que se hacen los graciosos. Me da una pereza enorme seguirles el juego, y Chiti, muy profesional, se pone seria. Me apetece un poquito de cotilleo jugoso y le pido que haga memoria de las personas conocidas que han pasado por el edificio.

Va recordando poco a poco. Me quiere dar el nombre de un actor alemán que ganó un Óscar pero no consigue acordarse del nombre.

—A ver…, a ver —canturrea abriendo una libreta.

—No me digas que llevas un diario, Chiti.

—No. Pero tengo que apuntar cualquier eventualidad o persona que se salgan de la rutina. Ahora no lo encuentro, al alemán —se lamenta apurada, consultando la libreta—. Cuando vienen famosos hacemos como que no los reconocemos para respetar la intimidad, son las órdenes, pero te sorprende que a muchos les molesta, hacen lo que sea para darse a conocer.

Sin darme tiempo a comentar nada, dice:

—¿Has visto mi labio, Martina? —Y se lo señala con el dedo índice.

—¿Una alergia? —pregunto.

¡Qué va! Los dermatólogos dicen que es algo psicosomático. Llevo años con esto. Se hincha cuando menos me lo espero y no sé por qué. Y esto no es nada, hay días que se me deforma tanto que no puedo salir a la calle.

—¡Chiti!

Se acerca Cristina, la coordinadora de azafatas.

—Tenemos que hablar un minuto —le dice a la vez que se vuelve hacia mí y me guiña un ojo.

Nos deseamos unas buenas vacaciones, que en el caso de Chiti serán más largas. Estará fuera hasta que comience a montarse la siguiente exposición, con obra de El Lissitzky. Ojalá que para entonces ella no tenga problemas en el labio ni yo en el abdomen. Las dos felices como dos perdices.

*P*asa el mes de agosto, Paul y yo envueltos en nuestra particular tensión. Nos encontramos descargando el coche delante de casa. Atravesamos la cola de turistas llevando a cuestas nuestras pertenencias, *please, please, thank you, thank you.* Lo primero que llama nuestra atención al cruzar la puerta son los horrendos expositores color fucsia que reemplazan a los anteriores, de plástico negro, a los que tampoco habíamos llegado a acostumbrarnos, y cuya finalidad es indicar los diferentes espacios del inmueble. Paul, enojado, aparta del paso con una patada el nuevo expositor y, mientras depositamos el equipaje en el interior del ascensor, recuerdo cuando a principios de agosto abandonamos La Pedrera.

Ese día la calle estaba tomada. Más autocares que nunca, más gente en la acera, la manzana se había convertido en un parque temático. Fue complicado dejar atrás el edificio, *please, thank you, please, thank you,* y cargar el coche, que minutos antes nos había costado aparcar en doble fila. Al menos habían retirado las máquinas de seguridad, que presidían las dos puertas de entrada. Contenta de habernos librado de aquellas máquinas y de las correspondientes discusiones, se me ocurrió mirar atrás. Mi mirada se encontró con la de un Paul con cara de circunstancias, que sacaba a la calle una bolsa de basura que se había agujereado e iba dejando a su paso un reguero acusador, para regocijo de los turistas que aguardaban en la cola.

Hoy al entrar en el piso me llevo una sorpresa gigantesca. Durante el mes de agosto han quitado los plásticos opacos que recubrían los cristales del salón y se ven las lonas al fondo, y los andamios con cascos, mascarillas, cubos, cuerdas y demás utensilios que los albañiles han ido dejando a su paso. La visión del conjunto me remite a un mayúsculo bodegón industrial. Abro las ventanas de par en par para que circule el aire, quito la sábana que cubre una butaca y me siento en medio del salón. Un respiro hasta que Paul regrese del garaje donde ha ido a dejar el coche.

Este agosto los comerciantes del mercado de la Boquería, los vecinos de la Barceloneta y muchos otros ciudadanos descontentos han estado pidiendo al Ayuntamiento que regule el alud de turistas. Se entiende. No negaré que en mis fantasías de tanto en tanto me paseo por un barrio de calles estrechas con arbolitos, galerías de arte y bares donde quedar con los amigos, un barrio donde hay un zapatero al que puedo comprarle unas plantillas, un barrio en el que no me siento un bicho raro acarreando las bolsas del súper o cargando el coche para irme de vacaciones. Pero este piso es el magnífico espacio que me ha tocado ocupar y cuidar durante unos años de mi vida, y sería de idiotas quejarse.

Es ridículo quejarse de los turistas, de mi relación con Paul, del dolor de tripa que no me abandona pese a que sigo el tratamiento al pie de la letra. Es ridículo quejarse de cualquier cosa. Desde que empezaron en enero las obras del edificio, los índices del paro han subido en España; miles de inmigrantes se juegan la vida tratando de llegar por mar a la costa; crecen los problemas humanitarios a causa del éxodo masivo de algunos pueblos; este agosto los yihadistas se dedicaron a decapitar rehenes; la corrupción está a la orden del día. Un panorama confuso en el que mantenerse a flote es toda una proeza.

*B*usco entre mis papeles la lista de personas que me quedan por entrevistar. Necesito conversar con gente desconocida, escuchar historias que no tengan relación alguna conmigo. Ocupar mi cabeza, mi corazón, alejarme de este piso y de Paul. De su mirada. Una mirada censuradora, irónica o indiferente, depende del momento, una mirada que me condiciona y que me hace pequeña. Cuanto más pienso en él, más cuenta me doy de que no lo conozco. Lo quiero, pero ignoro si él me quiere, si quiere a nuestras hijas, si quiere a alguien; si quiere pero no sabe demostrarlo.

Yo misma no sé hacer una serie de cosas que la gente considera normales, como cantar, silbar o guiñar un ojo; hasta el «ommm» de mi práctica de yoga lo destrozo, me sale como un graznido. Pero entiendo que son genes que se transmiten caprichosamente, como el del ombligo tal o el mentón cual, y puede que a Paul le suceda igual, que no se maneje en los sentimientos.

«Donde estoy mejor es en casa con la familia», su frase preferida.

«Si no tuviera familia, si no fuera por vosotras, cogería una Harley Davidson y me perdería», su segunda frase preferida.

La primera es un enigma. La segunda quizá sea nuestra solución. Que se vaya a recorrer mundo si le va a sentar bien. No seré yo la que lo retenga, reflexiono sentada frente a la mesa de trabajo.

«Papi no necesita a nadie.» Cuando oigo a mis hijas decir esto trato de argumentar con ellas: «Vuestro padre es una de las personas que conozco que tiene más amigos, tiene una corte incondicional de amigos». «Sí, pero él va a la suya. A lo que le interesa», insisten sin vacilar.

Encuentro la lista de las personas que me quedan por entrevistar y la repaso. Antes de decidirme a quedar con ellas, tacho el nombre de Antonio Quintana, que justo antes de irnos de vacaciones contactó conmigo a través de mi web. Tacho también el de Francesc Anglés. El traumatólogo, célebre por sus esculturas en yeso y vendas, que amablemente me explicó recién llegada de vacaciones un montón de cosas, entre ellas me habló del libro de visitas que guarda de su época en La Pedrera y que estrenaron los U2, seguidos de Robert Wise y Cécile Éluard, y en el que hay páginas y páginas escritas en japonés —las tarjetas (de visita) en caracteres latinos—, ya que el doctor Anglés trabajaba en Nissan como traumatólogo.

También, recién llegada de vacaciones, quise entrevistar a Dominique Joly d'Aussy, otro exinquilino de los dúplex. Estábamos en una comida campestre en el Empordà, y la idea era hacer un aparte con él después de los cafés. Pero no lo conseguí. Aquel día me retorcía de dolor de tripa, no podía encontrarme peor.

De vuelta a Barcelona me presenté ante mi psiquiatra, blanca como la leche, con la barriga hinchada y doblada en dos. Seguía su tratamiento a pies juntillas pero no daba resultados. Estaba desesperada. El hecho de que mi malestar no obedeciera a una causa física me confundía. Una abstracción que no sabía por dónde atacar.

«Los síntomas físicos son un modo de pedir ayuda. El cuerpo tiene sus razones y muchas veces son emocionales», trató de tranquilizarme aquel hombre en la primera consulta. En cada cita repasábamos juntos las novedades de la semana. Tenía una mala salud de hierro, al menos hasta que empecé con los dolores. También tenía un marido, dos hijas, personas queridas a las que recurrir, un trabajo creativo y el dinero suficiente para vivir bien en una época de crisis. Más de a lo que podía aspirar la mayoría de la gente. Era consciente de mi privilegio y no cesaba de dar las gracias por ello, pero los dolores iban a más y, por si eso fuera poco, no tardaron en presentarse los primeros ataques de ansiedad, tal como mi psiquiatra había pronosticado. No entendía nada. Y menos cuando sufrí en el espacio de una semana dos episodios tremendos en los que creí morir y que luego serían calificados como ataques de pánico.

Desde entonces había continuado visitándolo, arrastrando mi fragilidad emocional, mi inestabilidad psíquica o lo que fuera, para que me extendiera las recetas de la medicación. La tomaba regularmente, caminaba por las mañanas, practicaba yoga por las tardes, preparaba mi siguiente novela, vigilaba las comidas…, pero me seguía encontrando mal y, en momentos puntuales, como me había ocurrido aquel día en el Empordà, fatal. Fuera de toda lógica, Alien me estaba ganando la batalla.

131

—Soy un gran ligón —me informa mi entrevistado nada más presentarnos.

He quedado con uno de los dueños de una cafetería que en los ochenta estuvo ubicada en los bajos de La Pedrera.

¡Un gran ligón! Yo, que hace diez minutos me encontraba contemplando extasiada la célebre obra de Rusiñol, *La morfina*, en la Fundación Francisco Godia, recibo el cambio de registro como una bofetada. Me quedo muerta. Esta es la expresión que empleamos en el grupo de Las Literatas cuando algo nos sorprende.

—Un gran ligón. ¿Qué quieres decir? —pregunto tratando de hacerme la tonta.

—Que ligo. Que tengo muchas novias. ¿Tú también?

—Antes sí, pero ahora no estoy muy por la labor —dejo caer mientras revuelvo el interior del bolso para dar con el móvil.

—Es el mejor ejercicio que se puede hacer. Te rejuvenece diez años.

Acabo de sentarme a una mesa en el café de La Pedrera frente a uno de los dueños del Amarcord, la cafetería en la que Paul y yo solíamos desayunar. Mi interlocutor cumple hoy setenta años. Melena lisa blanca hasta el hombro, nariz puntiaguda, piel agitanada. Bajo y nervudo, lleva colgadas del cuello unas cruces y en los dedos varios anillos de plata. Tanto su físico como su vestimenta son atípicos en Barcelona. Me comenta que es modelo de pasarela y que hace anuncios para la televisión mientras rebusca en la cartera y deposita su tarjeta de presentación sobre la mesa: «Doctor y máster en Derecho. Máster Especialista en Mercados financieros. Diplomado en Medicina ayurveda y Medicina de familia. Diplomado en Dietética y Nutrición. Sofrólogo. Profesor de yoga. Máster en Estudios orientales».

Trae consigo una bolsa de plástico con guías, postales y diversos documentos sobre La Pedrera. Me cuenta que el bar se llenaba de periodistas y gente importante, y que a él y a sus socios les dieron mucho dinero por abandonar el local. Cuando el camarero nos sirve las dos cañas que hemos pedido, me informa de que en total ha tenido trece bares y discotecas. Entre ellos, el Sherlock Holmes en la calle Copérnico, y me llevo una gran alegría, pues guardo buenos recuerdos del Sherlock.

—Siempre he hecho lo mismo: estudiar, trabajar y divertirme. Todo a la vez —expone orgulloso—. En la actualidad aún hago algún trabajito como *hobby*, mira… —Y me muestra un batiburrillo de papeles repartidos en dos carpetas.

En la tapa de una de ellas ha impreso en mayúsculas: «Doctor Ciruelo», y debajo: «Que no sabe para él, pero da escuela».

—¿No me digas que tú eres el doctor Ciruelo? —le pregunto incrédula tras abrir una de las carpetas y toparme con dos mujeres en pelotas con unos corazones rosas tatuados en las tetas.

—Sí, me hago llamar así. Tengo veintisiete pacientes —asiente tan pancho.

—¿Pacientes de sexo?

—De todo. Sobre todo, naturopatía. Pero hago un poco de coña con el sexo.

Muy serio, va pasando las fotocopias sueltas y escritas a mano, que desprenden un ligero olor a humedad. El texto aparece intercalado con dibujos, chistes, anuncios eróticos y una profusión de corazones. A mí me faltan ojos para no perderme detalle.

—Para ti —señala—. Son recomendaciones. Cada mes las actualizo, y como soy socio de Médicos sin Fronteras, a final de año pido a mis pacientes veinte euros para la organización.

Antes de abrir la otra carpeta, me pide que me fije en el anagrama del doctor Ciruelo:

—Los dos huevos y el nabo. Bonito, ¿eh?

—¡Caray!

Me señala un folio con un *collage* de traseros enfundados en fajas, pantalones de cuero o al aire.

—Bueno bueno... Ya veo, tema trasero... ¿Para subirlos?

—Empiezan a fallarme los argumentos.

—Recomendaciones para moldear el trasero, masajes...

—Repasa con mirada indiferente a una mujer que se levanta de una de las mesas del fondo del café y deja caer—: Los masajes son gratuitos.

Me consuela pensar que vestida con un jersey holgado y unos vaqueros *boyfriend* no doy ninguna pista para que imagine mi cuerpo desnudo. Delgada y con ropa grandota seguro que no soy su tipo.

—Eres muy guapa —me piropea.

Oops.

—Pero te falta una cosa. —Da un largo trago a su cerveza y me observa con atención.

Ya tiemblo.

—Perfilador, un perfilador de labios oscuro, casi negro, y los labios más rojos —se atreve con tono de entendido en la materia.

Muerta.

—Cuando quieras hacemos el amor.

Re-muerta.

—Si tienes que pedir autorización a alguien, puedes pedirla.

A la una del mediodía y con un sol que ciega, sin risas

135

ni coqueteo, a palo seco... ¿Cómo lo voy a contar en casa? ¿Cómo se lo voy a explicar a Las Literatas? Dirán que me lo estoy inventando.

—Follar es un buen ejercicio para el sistema inmunológico. No necesariamente follar, hay muchos juegos muy superiores; cuando quieras los probamos. No exijo ni obligo a nadie. ¿Te va que te den un poco? —Gesto con la mano—. Vale, eso lo has de decidir tú.

¡Ah, no! Lo que me faltaba. Me quiero ir y no sé cómo hacerlo. Menos mal que no hemos quedado para comer, que es lo que él propuso por teléfono. No podré aprovechar nada de la entrevista. O quizá sí, pero hay que advertirlo:

—Oye, estoy grabando.

—Eres muy guapa.

—Por favor, no lo digas más. Sé que no lo soy. De ninguna manera. Buscando quizá demos con otras cualidades, pero esa no.

—Tienes un pelo envidiable. Podrías ser mi novia, si te apetece.

Pienso que Paul jamás de los jamases haría un numerito así. En eso al menos tengo suerte.

Ojalá ocurra algo inesperado. Un gran espejo que se rompe, una pelea entre camareros, alguien que se desmaya. Extiendo la vista hacia las siete columnas de piedra del café, comparables a siete voluminosos troncos, un grupo de árboles bajo cuya sombra nos encontramos nosotros, él integrado en la función y yo anhelando un pretexto para llevar a cabo una despedida precipitada. Salir pitando de una entrevista que seguro no incluiré junto al resto de material, pero que archivaré en un documento del ordenador para cuando necesite levantarme la autoestima y reírme un rato. Últimamente, día sí y día también.

«*T*odas las familias felices se parecen unas a otras, pero cada familia infeliz lo es a su manera». León Tolstói (Ana Karenina).

Ayer domingo Paul me acompañó a caminar. Por primera vez me hizo sentir que entendía que yo tenía un problema y debía ayudarme, esforzándose en acoplar su marcha a la mía, respetando mis pausas para beber agua o respirar en profundidad, y no quejándose en ningún momento. Pasamos un buen domingo juntos y hoy hemos comido los dos solos en casa sin tensiones.

Paul acaba de salir del comedor cuando llaman a la puerta. Han detectado un escape en el edificio y han de cortar el agua. Aprovecho la ocasión para comentarle al encargado que la madera de los ventanales del pasillo se ha abombado y los ventanales no ajustan, que necesito que me mande un carpintero. Estamos barajando fechas cuando un fortísimo ruido interrumpe la conversación y dejo al encargado de mantenimiento con la palabra en la boca en medio del pasillo. A medida que me voy acercando al altillo oigo a Paul maldiciendo. A llegar me encuentro con que ha estrellado un soldador para hierro contra un estante.

—Creía que te habías hecho daño —le digo todavía asustada.

—*This manual is shit! All instruction manuals are! Absolute gibberish!* —gruñe pisoteando unos papeles.

Esta mala leche, este resentimiento... cuesta de creer que un manual de instrucciones le trastoque hasta este punto.

—Déjame solo.

—Paul, dime qué te pasa. No aguanto este mal rollo. Dime de una vez qué ocurre.

Coño, que hable, que se moje. ¿Por qué no dice nada?

—¿Es que uno no puede estar de mal humor? —Se agacha a recoger el soldador maldiciendo ahora en voz baja.

Zas, lo estrella contra otro estante.

Pego un brinco. Esto sí que no me lo esperaba. Una oleada de furia me remueve por dentro y me envuelve entera. Oigo mi propia voz. Grito y chillo como si fuera otra persona. Una bestia que vomita, que con sus palabras quiere tocar la fibra sensible para herir. Para hundirlo.

En un gesto rápido apoyo mis manos sobre sus hombros y lo zarandeo. Paul permanece frío e inmutable como cualquiera de las herramientas que tiene sobre la mesa. Siento que voy a pegarle cuando se oye a lo lejos:

—¡Señora!

Paul y yo estamos de pie, a un palmo uno de otro. Sin apartar la mirada uno del otro.

—¡Señora, me marcho! —es la voz del encargado de mantenimiento que he dejado a medio explicarse en el pasillo.

Paul, sin cambiar de expresión, dirige la vista hacia la puerta del altillo y levanta la barbilla como diciendo «¿no oyes?, te están llamando», y se da la vuelta.

Lo estrangularía.

«*L*a psiquiatría catalana se ha quedado huérfana», es el titular que aparece en *La Vanguardia*. Funeral de Josep Fàbregas, psiquiatra y director general de CPB, Serveis de Salut Mental, amigo de Paul y antiguo habitante de La Pedrera, uno de los inquilinos de los desaparecidos apartamentos del terrado. Estoy en su funeral, aún impresionada por las hermosas palabras cargadas de agradecimiento y admiración que le han dedicado entre lágrimas sus dos hijos. Pienso en el mérito que tienen esos chavales por haber hablado ante un público tan numeroso. También en el abrazo que me dio ayer su mujer, un abrazo de esos largos e intensos, cargados de sentimiento, que colecciono como pequeñas joyas.

Por mi cabeza desfilan imágenes de Pep, de sus hijos, su esposa, de las comidas que organizaban en su casa. Generosas, divertidas. Gracias al potente micro me llegan claros los elogios que van desgranando un buen número de colegas de profesión. La gran sala del tanatorio de Les Corts está abarrotada. A mi derecha, Anna Plaza, psiquiatra y amiga, otra vecina de los apartamentos; a mi izquierda Celia, viuda de Bigas Luna, que me susurra al oído que es el primer funeral al que va después de la muerte de su marido y que no descarta que sea el último.

A pesar de que estamos en octubre, me abanico con el recordatorio que nos han ofrecido en la entrada. La ilustración es de uno de los pacientes de Pep, debajo ha escrito: «Retrato del doctor Josep Fàbregas i Poveda. El psiquiatra que me salvó la vida, en el año 1994, en aquella crisis que sufrí a los veinticuatro años». Los doctores, la plana mayor de la psiquiatría de la ciudad, van revelando anécdotas de su vida en común. Se repiten varios conceptos en los que todos coinciden, pero el que más me sorprende es el que hace referencia a su modernidad. Un psiquiatra moderno. Uno de ellos describe con detalle cómo iba vestido Pep el día que lo conoció. Sumo y resto años, debía de ser la época en que Pep vivió en nuestro edificio.

De pronto, oigo cómo otro psiquiatra habla de su paso por La Pedrera también como símbolo de originalidad. Me choca esa valoración. Sentimientos encontrados. Para mí alojarme en La Pedrera es algo tan normal como para otros tener los ojos verdes, un cociente intelectual alto o estar llenos de energía, pero al mismo tiempo siempre he comprendido, en especial al abrir la puerta de la calle con mi propia llave, que lo mío es un privilegio tan grande que debería irme a dormir cada noche con una corona en la cabeza.

Abandono el tanatorio de Les Corts con el ánimo por los suelos. Destrozada por el dolor de la familia de Pep y por la caída en picado de la nuestra. Por lo que fuimos y por lo que somos. La familia Fàbregas, al menos, se ha ahorrado la decadencia, quizá no ha habido tiempo, o quizá lo han sabido hacer mejor que nosotros, no sé, pero no ha habido lugar para los malos recuerdos.

Camino por la Diagonal en compañía de una gran tristeza. No entiendo cómo Paul, en el último minuto, siempre encuentra una excusa para no visitar a los amigos o familiares en los hospitales, para no ir a sus funerales. Para no exteriorizar su pena.

He llegado a sospechar que no siente nada cuando se muere un familiar, un amigo. En cambio, estoy segura de que ese familiar, ese amigo, pese a la ausencia de Paul se sentirá igualmente bendecido por su relación, comprenderá sus razones, aunque yo, que estoy mucho más cerca, no las sepa comprender.

Un día tratando de entender, le pregunté:

«Paul, si se mueren nuestras hijas… o me muero yo, ¿crees que sentirás algo?»

«Claro», contestó.

Al acercarme a casa, reparo en que han colgado una nueva lona publicitaria. Seguros Santa Lucía, antaño la compañía de los muertos; funerales, entierros y actos varios relacionados con los difuntos. Me viene a la cabeza la tarde, no hace mucho, que le dije a Paul que no me importaría tirarme por la ventana. Creyó que era una frase hecha y no le dio importancia. Menos mal. Pero en aquel momento eso era lo que sentía. Un ¡basta! Un dejarse ir. Un alivio harta de las tiranteces y del poco cariño que recibía de él; de las broncas delante de nuestras hijas; del ambiente enrarecido por mis continuas lloreras, por mis problemas a la hora de comer, por mi obsesión por beber, sedienta a todas horas; agobiada por que mi familia me viera tirada en la *chaise longue* suspirando como una vieja, por que no me viera reír. Convencida de que ellos tres vivirían mejor sin mí.

141

Ya en el ascensor, coincido con una de las personas encargadas del departamento cultural de la Fundación. Me pasa una información que le acaba de llegar a las manos y que no puede divertirme más. Unas notas de prensa que hacen referencia a un príncipe egipcio que vivió unos años en el edificio. Repasamos juntas la lista de antiguos inquilinos, y sale a relucir el nombre del vidente Octavio Aceves, que ocupó el piso que luego ocuparía el fotógrafo Manel Armengol. A mí el mundo de los videntes me divierte, y antes de salir del ascensor decido tratar de localizarlo. Dicho y hecho. Entro en Internet y a los diez minutos dejo una escueta nota en su página web.

Al día siguiente, mientras comemos medio encogidos porque al otro lado de los cristales, sobre los andamios, hay tres o cuatro operarios trabajando frente a la mesa del comedor —y la situación, hasta para nosotros, habituados a convivir a diario con las obras, no deja de ser insólita—, llama Octavio. Cuenta que ha leído la nota, que vivió nueve años en el edificio y que tiene unos recuerdos fenomenales de aquella época. Se lanza a contarme cosas. Me cuenta que la revista *Lecturas* lo descubrió como el vidente de La Pedrera y se empezaron a formar unas colas tremendas que llegaban hasta la portería. Tuvo que comprar números y encargar a su secretaria que se los repartiera a las personas que esperaban turno, como en la carnicería. Algunos días atendían hasta las tres de la madrugada.

En un arrebato le ruego que no me cuente nada más por teléfono, que cojo el tren y me planto en Madrid en un periquete. Cuelgo y me dirijo a la cocina a preparar uno tras otro los cafés para la familia, sentados a la mesa del comedor discutiendo sobre arquitectura. En cuanto se levanten mandaré un wasap al grupo de Las Literatas: cojo el AVE y me voy a Madrid. Y lo acompañaré con el emoticono de la sonrisa inmensa.

Media hora después no lo tengo tan claro. No creo que sea capaz de alejarme tanto tiempo de mi zona de confort. Y más, sola. Me da miedo el vértigo que me tumba cuando menos me lo espero, como cuando fui con Carmen a la residencia donde vive el dueño de la antigua pensión Sáxea, y tuve que dejar el coche en una esquina y buscar a alguien que lo aparcara; o la de veces que me tengo que sujetar al brazo de Paul porque siento que el suelo se mueve bajo mis pies y me voy a caer caminando por la calle. Hago una lista de cosas que me pueden pasar. Lo peor, sufrir otro ataque de pánico. Pero se me ocurren bastantes más. Yo, que he tenido una juventud de lo más salvaje, de repente me entra un miedo bestial a todo, un miedo que me paraliza.

«El vidente argentino menos certero pero más querido de nuestro país.»

«El que más cobra.»

«El vidente de La Pedrera.»

Memorizo los titulares que estos días he leído sobre Octavio Aceves mientras hojeo distraída algunos de los treinta libros que ha publicado y que se hallan expuestos sobre una mesa en la sala de espera de su piso de la calle Princesa de Madrid, al lado del palacio de Liria. El despacho donde me recibe es una habitación cuadrada y pequeña, con unas paredes cubiertas por docenas de fotografías enmarcadas. Apenas hay sitio para la mesa y las dos sillas donde nos acomodamos uno frente al otro. La impresión que me da Octavio, bien porque sufre un principio de párkinson, bien porque no es alto y yo en la portería he cambiado mis deportivas por unos tacones, es la de un hombre tímido, algo que no me cuadra con la vida que ha llevado, relacionándose con medio mundo.

Charlamos un buen rato sobre sus años en La Pedrera. El pequeño apartamento que utilizaba como despacho y, justo al lado, el apartamento que había pertenecido a los porteros y donde él vivía. Espacios que encontró en muy mal estado y con los que disfrutó recuperando materiales de Gaudí en los anticuarios de lance. Su hermana arquitecta lo ayudó en la reforma y dice que se dejó un dineral. Íntimo amigo de la soprano Victoria de los Ángeles, organizaban veladas musicales juntos, algunas en la terraza. Una época maravillosa a la que tuvo que renunciar debido al rumbo que había tomado la política catalana.

Decido obsequiarme con una tirada antes de irme. Observa con atención las cartas que va extendiendo en un gran círculo entre los dos, unas cartas grandes y usadas. Con ellas sobre la mesa se transforma, el hombre tímido que me ha recibido da paso a uno seguro de sí mismo y con una mirada que taladra.

Señala que tengo una gran capacidad de percepción, una intuición muy desarrollada y que debo servirme de ella para salir de un mundo que me está intoxicando. Me asegura que pronto veré la luz y que tengo un largo camino por delante. Mucha gente a la que conocer. Muchos libros que leer. Muchos viajes pendientes. Eso me hace caer en la cuenta de que en estos últi-

143

mos años me he ido cerrando puertas sin querer y siento que la línea del horizonte ha retrocedido hacia casi el infinito, una sensación parecida a la que sentía de niña cuando intuía que todo cabía en la vida, pues el final apenas se vislumbraba.

Acomodada en el asiento del tren, junto a un ejecutivo joven, caigo en la cuenta de que Octavio no ha mencionado a Paul en sus predicciones. Qué raro. Si no lo ha mencionado es porque no lo ha visto, y si no lo ha visto…

Saco el botellín de agua del bolso y me lo bebo de un trago.

Hasta este momento no había tenido que echar mano de la pastilla que siempre llevo de refuerzo. Dejo que se deshaga bajo la lengua. Toca concentrarse en la respiración. Inspirar y espirar profundamente… Tomar conciencia del peso del cuerpo, abandonarme sobre la butaca… Vaciar la mente, dejar pasar los pensamientos, no retener ninguno… Volver a centrarme en la respiración: cuatro, tres, dos, uno; cuatro, tres, dos… Me envuelvo en un chal calentito que llevo en el bolso, apoyo la cabeza en el respaldo y dejo que mi mirada se pierda entre el paisaje que discurre por la ventana. Me voy relajando. Escucho por segunda vez lo que Octavio me ha contado esta tarde y ha quedado grabado, lo escucho hasta que me vence el sueño y duermo el resto del trayecto de vuelta.

Al meter la llave en la cerradura del piso suena el teléfono fijo. ¿Por qué nadie se anima a cogerlo? Corro hacia el auricular. Al otro lado de la línea, un hilo de voz. Suelto el bolso, que parece que haya ido haciéndose más y más pesado a lo largo del día, y presto atención. Carmen Burgos, mi proveedora de entrevistas, mi directora de *casting*, quiere cerciorarse de que continúo trabajando, que no he abandonado.

Por dos veces en una misma tarde tengo la sensación de que el futuro no se acaba tras la primera curva, sino que sigue y sigue imparable.

«*N*ada perfecto dura para siempre. Excepto en nuestros recuerdos.»

Comento a mi hija que bajo a casa de Carmen a regalarle un libro por todo lo que me está ayudando, y mi hija mayor deja lo que está haciendo y decide acompañarme. Siente curiosidad por ver su piso.

—Martina, solo dos minutos, que tengo trabajo —se justifica preparándose la retirada.

Recorremos el piso, en mi caso por tercera vez. El estudio de pintura de su marido, el notario; el dormitorio con la cama de matrimonio de caoba y marquetería, obra de Gaspar Homar, el gran ebanista del modernismo; los símbolos en el techo del salón que hacen alusión a los Juegos Florales y, junto a ellos, la firma del propio arquitecto. Las habitaciones donde se alojan las dos realquiladas, que dan a la fachada posterior del edificio y que en la primera visita Carmen no me enseñó. Me detengo a observar unos delicados floreros modernistas y unos candelabros de plata de Masriera.

A mi hija le llama la atención la cantidad de pinturas que recubren las paredes. Las examina con detenimiento, sobre todo las de la cocina, las que realizó el marido de Carmen sobre las baldosas blancas y los cristales de las puertas correderas. Me comenta en un aparte que, cuando asistió a clases de dibujo el primer año de carrera, tuvo a un profesor que vivía también en un piso antiguo repleto de cuadros, y que estaba siempre tan lleno de estudiantes que a ella le tocaba dibujar en la cocina.

Le entrego a Carmen el libro, un ejemplar numerado de papel amarillento, editado por un viejo amigo de Paul, donde se encuentra recopilada la obra del pintor Francesc Gimeno. Carmen recibe el regalo con una sonrisa pícara, busca entre sus páginas y nos muestra el cuadro de un niño con un jersey rojo sentado en una trona de madera. Al parecer, tuvo la obra unos años en su casa y luego la vendió. Ríe contenta de poder ubicarla.

Ya en el ascensor me acerco a mi hija con ganas de acariciarla. Mi hija mayor tiene una cara preciosa, unos ojos inmensos. La huelo y la abrazo con suma delicadeza, casi ni la toco. Desde que era un bebé le molestan las demostraciones físicas de cariño. Al igual que su padre, se retrae, no lleva bien los achuchones. Se deja por mí, porque es mi forma de querer y de agradecerle el rato que ha compartido conmigo. Pero hace años que busco otro lugar para encontrarnos, otra forma de demostrarle mi amor; un gesto, una frase, un regalo que no la agobie, que sustituya al roce, al lenguaje de nuestra piel.

Comentamos que habría sido fantástico vivir en La Pedrera cuando esta era una auténtica casa de vecinos. Mi hija menciona a Mercè Rodoreda; lo visto y oído esta tarde la remite a la atmósfera de *Mirall trencat*, una de sus novelas predilectas, la historia de una familia barcelonesa de la alta burguesía de principios del siglo XX. En La Pedrera de mi hija no habrá vecinos que se quiten el sombrero cortésmente al saludarse en el ascensor, ni ayudas de cámara; tampoco habrá guacamayos, ni sacudidores de colchones de lana. La Pedrera de mi hija, al margen de sus vivencias entre nuestras cuatro paredes, estará llena de turistas, de azafatas, de guardas de seguridad. Aquel mundo se esfumó, como se esfumará el suyo para dar paso a otros.

Tras mi práctica de yoga, que me conecta con un montón de sensaciones positivas, me sumerjo en la bañera. Desfilan por

146

mi cabeza imágenes de un pasado no muy lejano, ligado a la alta burguesía catalana, una clase social que en una época determinada de mi vida sentí que me asfixiaba hasta el punto de obligarme a poner tierra de por medio y convertirme, si no en la oveja negra, sí en la oveja gris de la familia.

Abro el grifo del agua caliente, jugueteo con la espuma que amenaza con desbordar la bañera y hundo poco a poco el cuerpo en el agua. Pienso en *Vida privada*, la novela de Josep Maria de Sagarra, un clásico de la literatura catalana, y en la autobiografía en imágenes de Madronita Andreu. En que es por completo ilusorio imaginar a la burguesía como un bloque uniforme. Pienso en mis dos familias. La materna y la paterna, que eran muy diferentes entre sí, siendo ambas típicamente burguesas, dedicadas las dos al negocio textil.

La rama materna: muy moderna para la época, viajada cuando no era habitual viajar, y divertida. Muy divertida. Recuerdo los largos veranos de la infancia en la finca de mis abuelos en el Maresme. Un bosque de pinos en el que, mientras los niños nos hartábamos de comer piñones, las orugas desempeñaban con sigilo su labor, haciéndonos volver a casa con las piernas y brazos irritados y con ronchas. Un estanque de aguas verdosas y malolientes en el que no dejaban de croar las ranas. Unos árboles frutales con cuya fruta sufrimos alguna indigestión por nuestra tozudez en comerla recién cogida. Unos campos que se labraban con caballos y más tarde con tractor, y que asocio a unos tomates sabrosísimos, los tomates con los que los mismos hombres que cultivaban la tierra se lavaban de cintura para arriba al finalizar la jornada, en lugar de usar jabón. La casa de los masoveros, con el gallinero, el establo, la cueva donde se prensaba la uva. Y las viejas tartanas, en las que se enganchaban los caballos de tiro, paticortos y barrigudos, para que los niños fuéramos a hacer un pícnic en lo alto de la montaña de la cruz, el Montcabrer, desde donde se divisa gran parte de la comarca. Veo ante mí, a lo lejos, la capilla, rodeada de parterres multicolores —con frescos en techos y paredes del pintor Josep Togores, gran amigo del abuelo, en los que varios miembros de la familia posaron como modelo— y donde se casaron algunos de mis tíos.

La casa familiar presidía la finca, con el enorme comedor rodeado de ventanales que daban a la explanada llena de macetas de hortensias y estatuas clásicas de mármol. El cuartito del teléfono, donde descolgábamos el auricular y al rato salía la centralita, la voz de una señora que nos preguntaba con quién queríamos hablar, el FBI, la más cotilla del pueblo junto a la costurera, que venía dos tardes a la semana a coser.

La alameda en la que los mayores se refugiaban los días calurosos y en la que, desde mi bañera del tercer piso de La Pedrera, distingo la figura de mi abuelo vestido con una sahariana y calcetines de hilo blancos, leyendo el periódico en la hamaca junto a un balancín. Mi abuelo iba al barbero a diario y una vez por semana se hacía la manicura. Recuerdo que todas las señoras se deshacían en alabanzas: «Oh, tu abuelo, qué guapo es, qué clase tiene». El abuelo se parecía, decían, al sah de Persia, pero yo lo comparaba con el sah en las fotos que se publicaban en prensa y a mi abuelo lo veía más atractivo. Además, a mi abuelo la cocinera le pelaba las uvas y le quitaba las pepitas, algo que yo dudaba que le hicieran al sah con el mismo esmero. El abuelo financió el colegio y la biblioteca que llevan su nombre, y de ahí su estrecha relación con el párroco del pueblo. A los nietos nos contaba batallitas que escuchábamos encandilados, convencidos de que ningún ser humano podría llevar una vida más rica que la suya.

El retrato de mi abuela permanece también inalterable. Alta, delgada, luciendo a diario un collar de perlas y desplazándose de un lugar a otro con un vaso alto de whisky en una mano y una boquilla negra con un cigarrillo Chester sin filtro en la otra. Olía a perfume mezclado con tabaco, llevaba el pelo corto y cuando asistía a algún evento social lucía un sombrerito con un velo que le caía sobre los ojos, los labios siempre de rojo. Cerca de mi abuela, su ama de llaves y señora de compañía, una leonesa de corta estatura y expresión taciturna.

En un extremo de la gran alameda, los dos Jaguar de techos altos, asientos de piel, volantes de madera, negro el de mi abuelo, color marfil el de mi abuela, y Rosendo, el chófer de mi abuela, pasándoles el plumero a los dos. En el otro extremo, mis tíos riendo y jugando al croquet... Muchas risas, ligereza y sofisticación. ¡El universo perdido de mi infancia! Los recuerdos que lucho por conservar de lo que alguna vez fue.

Quito el tapón de la bañera y me envuelvo en una toalla. Comienzo con mi ritual de cremas buscando en la memoria imágenes de la otra rama familiar. La rama paterna. El piso de la calle Balmes, con las persianas medio bajadas, mis abuelos serios, pendientes del negocio, del qué dirán, con un profundo y religioso sentido del sacrificio y del pecado. Y una vez más, la primera imagen que aparece en mi cabeza, empequeñeciendo y quitando lustre a las demás, es la de mi abuela rezando el rosario en la cama. Lo rezaba hasta que amanecía, temerosa de morir mientras dormía. Uno de mis tíos, que vivía en el piso de abajo y al que ella mandaba llamar noche si noche también para despedirse, nos contaba cómo transcurrían estas célebres veladas en las que mi abuela tenía la corazonada, por no decir la total seguridad, de que en cuanto cerrara los ojos y se relajase moriría y, por lo que entiendo, con algún pecado, aun cuando fuese venial, que no la dejaba descansar en paz. Una escena que nunca presencié pero que me ha quedado muy grabada. Como la de mi abuelo, grandote y calvo, retorciéndonos la nariz a los peques, un gesto que nos hacía sentir orgullosos e importantes, aunque al momento nos lleváramos las manos a la nariz y saliéramos corriendo tratando de disimular el dolor.

149

$\mathcal{A}$l regresar de mi paseo matutino, atiendo al encargado de obras en el rellano. Me pide bajar las persianas de la fachada delantera porque van a limpiarlas desde los andamios. Buena señal. Los trabajos de restauración están llegando a su fin.

Coloco una botella de agua junto al ordenador y me preparo para transcribir la entrevista a Rosa Lloveras, viuda del doctor Segimón, uno de los sobrinos de la señora Milà —primera propietaria del edificio— que se quedaron a vivir aquí. Mientras el ordenador se pone en marcha recuerdo que, nada más presentarnos, Rosa me hizo saber que lleva un audífono en los oídos y que, en cambio, nunca ha necesitado usar gafas. Tampoco ha estado enferma ni se ha debido operar de nada. A sus ochenta y cuatro años solo ha sufrido una pequeña intervención en los juanetes y un ligero dolor de cabeza por el que se decidió a tomar un ibuprofeno, el único de su vida, ya que el resto de la caja acabó caducando. ¡Un ibuprofeno en ochenta y cuatro años! Yo, que voy empastillada de la mañana a la noche, miraba los impresionantes ojos verdes de aquella mujer mayor y no podía creerlo. Incapaz de imaginar la cantidad de pastillas que han circulado por mi organismo desde que nací.

Recuerdo también que me riñó en cuanto abrí la boca y pronuncié el nombre de la señora Milà: «Martina, te agradeceré que no la llames señora Milà, porque en la familia siempre ha sido doña Rosario, o tía Rosario. Tampoco la llames Roser, a la familia Segimón no nos gusta lo de Roser».

151

Disfrutó explicándome lo espléndido que había sido con ella su primer marido, José Guardiola, el indiano. Se fueron a vivir a París, y José la llevaba en volandas. Eran los tiempos del «Sí, señora, lo que usted ordene». Cuando en verano se desplazaban a L'Aleixar, el pueblo de ambos, mandaban por delante a la servidumbre para que fuera acondicionando la vivienda: ama de llaves, primera doncella, segunda doncella, cocinera, chófer, planchadora…, además de la gente del pueblo que cogían temporalmente de refuerzo. El veraneo de los Guardiola era un espectáculo para los vecinos.

Cuando José murió, Rosario se instaló en un piso de las Ramblas, el núcleo de la Barcelona de entonces, y conoció a Pedro Milà (para Rosa, Perico de los Palotes). Un cazafortunas, según ella, que no tenía un duro. «Todo lo hacía con el dinero de mi tía», recalcó como si de un mantra se tratase durante toda la entrevista. Se ve que Perico con el dinero no tenía límites, en cambio a su esposa la obsequiaba con rubíes y cuadros de Velázquez y Zurbarán falsos. Rosario sabía que trataba de engañarla, no era tonta, aunque callaba. Perico se hizo empresario, pero negocio que tocaba, negocio que fracasaba. La plaza de toros Monumental, el salón de baile La Paloma…

—Con Perico a tía Rosario le llegó su ruina. Si llega a vivir unos años más, muere en la más completa bancarrota. ¡Perico de las queridas! Así lo llamaban. No sé si lo sabes, porque tenía muchas.

Recuerdo su cara de espanto al recordarlo y cómo metí la pata comentando que aquello era normal entre los ricos de la época. Rosa me fulminó con la mirada. Como me fulmina Paul cuando digo algo fuera de lugar. Pero seguramente mucha gente en Barcelona ha escuchado el chiste en que la esposa de un empresario, en lugar de enfadarse con la querida de su marido, presume de ella ante sus conocidos en un palco del Liceo, enorgulleciéndose de que la suya es la mejor, la más hermosa y la más elegante. Y es que tener una querida daba prestigio y demostraba poder económico, el que no tenía por lo menos una no era nadie.

—Se casó con tía Rosario por dinero y construyó esta casa con su dinero —me repitió hasta la saciedad.

—A esto se le llama ser un mecenas… —me atreví en un momento dado.

—Quita quita. Lo que Perico quería era sobresalir en la sociedad catalana. Cuando él murió yo tenía diez años, solo sé lo que se contaba en la familia. Y sé que los Segimón estarán contentos de que diga públicamente que no perdonan a Rosario que se casara con Milà. —Estaba realmente enfadada. Tanto que en ningún momento saqué a relucir el juego de palabras que corría de boca en boca entre la burguesía barcelonesa y que decía que no se sabía si Perico Milà se había casado con la viuda de Guardiola o con la *guardiola* —en catalán, la 'hucha', los 'ahorros'— de la viuda.

Cambio las pilas del teclado del ordenador y antes de ponerme a escribir repaso la chuleta del tratamiento homeopático que me han recetado. Un montón de minipastillas de eficacia controvertida pero que no quiero dejar de probar. La mente suma. Todo suma. Y mientras dejo que los anisetes se vayan deshaciendo en la boca, pienso en el ibuprofeno de Rosa. En lo afortunada que es. En lo afortunados que somos todos los que vamos tirando, los que nos podemos valer por nosotros mismos. Una vez más, en lo injusta que es la vida. En que la vida es una lotería, y ya está.

*E*l primer y el tercer martes de cada mes nos reunimos tres amigas a última hora de la tarde en la cafetería del hotel Alma. Algún martes proponemos a otras personas que se unan a nosotras.

Salgo de casa animada ante la perspectiva de pasar un par de horas con ellas y frente a la portería me encuentro a Carmen Burgos hablando con Montserrat Bargués, la afable anciana que se crio en la portería del edificio de la esquina..

Me acerco y oigo cómo Carmen pregunta:

—¿Usted no recuerda a una vendedora... de periódicos?

—Carmen... ¿Otra vez con el rollo de la vendedora de periódicos? No me lo puedo creer —bromeo besándolas a las dos.

—Ay, mi hijo me riñó porque cuando vinieron de visita me olvidé de hablar de ella. De la Marina. Un nombre parecido al suyo, escritora. —Montserrat se vuelve hacia mí y ríe divertida.

—¡Marina! ¡Se llamaba Marina! —exclama Carmen repitiendo el nombre pensativa.

—La Marina, qué mujer más buena... Se decía que había un señor en La Pedrera que le hacía la corte. Incluso alguien se atrevió a decir que ese señor era el padre de su hija. Un señor casado y muy importante.

La expresión de Carmen se transforma. Un rictus afea su boca. ¿Se estará refiriendo Montserrat a su difunto marido?, ¿a su suegro? Ahora comprendo su obcecación, su tenacidad a la hora de preguntar a unos y a otros.

Montserrat continúa animada:

—La Marina se colocaba en la esquina, sentada en una silla de cocina, y delante de ella ponía un tablero donde vendía periódicos, revistas. Además, llevaba tabaco de casa en casa. Y cuando llegaron los kioscos, ella no pudo acceder a uno porque no tenía suficiente dinero y nos dio mucha pena, fue muy triste. —Se emociona—. La Conchita era la hija, sí, después fue portera de La Pedrera.

Carmen no abre la boca. Las abrazo a las dos y me excuso, he quedado con unas amigas y estoy llegando tarde. Bajo caminando por paseo de Gracia pensando en que los cuernos, si no se los ponen a una, además de literarios son la pimienta de la vida, y que en la conversación que acabo de escuchar, hay una novela: «¿El señor notario y la vendedora de periódicos?»… «¿La hija del notario y de la vendedora de periódicos?». Dar con un buen título tiene su qué.

Llego con retraso al hotel Alma. La convocatoria se ha desbordado. Un amigo de una, dos amigos de otra, unos conocidos de Madrid… Ocupamos varias mesas. Incluso una redonda de mármol en una zona resguardada del jardín, por lo de salir a fumar.

Alguien me presenta como la esposa del arquitecto Paul Row, un chico lo oye y se apresura a señalar que en la inmobiliaria donde trabaja están buscando un local para el señor Row. Unos bajos en el barrio de Gracia para montar una carpintería. Y que precisamente él le ha estado enseñando al señor Row unos locales el día anterior.

Mira tú por dónde, Paul está buscando un local para montar una carpintería y yo sin enterarme. Antes muerta que confesarle a aquel chico, que por cierto no sé de quién es amigo ni de dónde ha salido, que no tengo la más mínima idea de las intenciones de mi marido. Pongo cara de póker y disimulo escudriñando el infinito. Él no insiste y yo me quedo con la información, aturdida y totalmente bloqueada para concentrarme en cualquier conversación.

Desde que empezó la crisis del ladrillo, a Paul no le encargan proyectos. Se presenta a concursos pero no le adjudican obra, y el personal del estudio se limita a hacer pequeñas reformas y trabajos alimenticios que a Paul no le motivan. Él, que ha sido un arquitecto de culto, se ha quedado fuera del circuito laboral. Siente que el mundo ha cambiado y él ha pasado de moda.

La mayoría de arquitectos de su generación se encuentra en la misma sequía, y los jóvenes trabajan doce horas diarias por menos de mil euros. Lo que se me escapa es que Paul lleve sus planes en secreto.

Por la noche se lo explico a una de Las Literatas por teléfono:

—Si tuviera un vicio, no sé, algo morboso, o si se hubiera liado con otra, entendería su secretismo.

Silencio al otro lado del teléfono.

—Nuestra hija mayor nació cuando él tenía cuarenta y ocho años —continúo—, y hasta entonces Paul había ido de novia en novia. Y como al empezar a salir alguna que otra me coló…, ya sabes, es imposible recobrar la confianza cuando la has perdido.

—Pero tú también fuiste de novios, me contaste…

—Sí, tal para cual. No sé quién de los dos tiene una lista más larga y con más variedad de nacionalidades. Pero sé que ahora es diferente. No me preguntes por qué pero lo sé, es diferente. Los momentos en que me ha dado por pensar que Paul tenía novia han sido por pura desesperación. Por no entender qué le pasa. Para encontrar una explicación a su mal humor y a sus retrasos… Por falta de imaginación.

Desde que hemos empezado la conversación hay interferencias en la línea. Es un engorro hablar así pero ya no puedo parar:

—Imagina un lugar oscuro con estantes de madera y cajas de plástico para guardar alcayatas, tuercas, remaches y todos esos artilugios con los que tropiezo por casa, una gran mesa contra la pared y una pequeña radio en una esquina. Un lugar sucio y desordenado. Un taller, vaya.

—Su paraíso en la tierra —corrobora ella.

—Exacto. Lo que de verdad no entiendo es tanto misterio.

—¿Quizás te quería dar una sorpresa?

—Paul odia las sorpresas.

La afición de Paul por arreglar y crear objetos ha ido creciendo como la espuma hasta abarcarlo todo. Disponer de una carpintería propia parece una idea acertada, una apuesta segura. No hay de qué sorprenderse. Pero ¿por qué nos oculta a sus hijas y a mí sus intenciones?

Después de colgar, trato de meterme en su cabeza, descifrar tanta reserva. ¿Sentimiento de fracaso como arquitecto? ¿No desanimar a nuestras hijas, que están intentando abrirse camino en su misma profesión? ¿Planificar la «jubilación», palabra tabú para él?

Ahora mismo daría lo que fuera por tenerlo entre mis brazos y poder consolarlo: «Cariño, no es malo que no te vaya bien el trabajo, estamos en crisis, y aunque no lo estuviéramos, no hay que ir siempre haciéndose el hombrecito». Le diría mil cosas que no le voy a decir porque no me va a dejar que se las diga.

Casi preferiría no haberme enterado. Su vulnerabilidad me duele. Me dan ganas de protegerlo. Paul forma parte de mí, es mi familia.

$\mathcal{M}$i hija pequeña regresó ayer a casa y me ilusiona enseñarle mi trabajo. A última hora de la tarde me pongo a ordenar los múltiples apuntes esparcidos sobre la mesa de trabajo. Hay garabatos y referencias que ya no entiendo. Resbalan y caen al suelo las notas que cogí hablando con Ana María, la nuera de Antonio Puigvert, el prestigioso urólogo catalán. Cuando me agacho para recogerlas mi vista se detiene en el párrafo en que habla de las tres mujeres oficiales del doctor y sus incontables novias: «Mi suegro siempre iba cansado, el trabajo y las conquistas; mi marido se lo llegó a encontrar dormido en el banco del ascensor». Subrayo la frase en el momento que se oye por megafonía que en media hora cerrarán el edificio al público.

Clavo las notas en el corcho de la pared, junto a una foto que hace días peregrina por la mesa sin encontrar su sitio. Es una foto ampliada de la puerta de Tere Yglesias, la única vecina de Carmen en la escalera del paseo de Gracia, su vecina de rellano. Tere puede disfrutar en el mismísimo salón de su casa de la joya de la corona: la famosa puerta de roble macizo que Antoni Gaudí mandó hacer para el piso piloto, que con el tiempo ocuparían los Yglesias y que, según se rumorea, ocasionó la pelea más fuerte de todas las que tuvieron lugar entre él y la señora Milà. Doña Roser, perdón, Rosario, le prohibió instalar más puertas de roble macizo, pues resultaban demasiado caras, y lo obligó a emplear puertas de madera de inferior calidad para el resto de los pisos. Gaudí, que no soportaba que le contradijeran, montó en cólera pero perdió el pulso. Todos los pisos tienen puertas de madera más sencilla, y queda solo la del salón de Tere como muestra de la sonada pelea.

Mi hija pequeña se planta en medio de la habitación precedida por una cadena de resoplidos. Lleva a cuestas una de las muchas maquetas que me he acostumbrado a ver por casa desde que las dos comenzaron la carrera, y que en determinados momentos les impiden pegar el ojo durante semanas.

—Quedamos en que hoy celebraríamos mi llegada —dice mirando con el rabillo del ojo el corcho. Y tras darme un par de besos, añade—: No sabes la que está cayendo fuera. —El pelo le chorrea bajo el sombrero negro de fieltro que todavía lleva puesto.

Apago el ordenador y comienzo a encender luces. Me encanta ver la casa iluminada. Paul y mi hija mayor llegan empapados por la lluvia. Me dirijo con disimulo hacia la cocina. Sé de la facilidad con que puede desvanecerse mi pequeño mundo y mejor no desaprovecho la ocasión de sacar una botella de la nevera y brindar con todos, chin chin, uno a uno, a los ojos, por la llegada de nuestra hija. Por la magia del instante.

Pero en el momento en que la copa de Paul entrechoca con la mía, siento la mirada atenta de mis hijas que me devuelve a la realidad. Súbitamente me entra una profunda tristeza, una gran añoranza por un mundo que intuyo estamos a punto de perder, una gran historia de amor que se me escapa de las manos.

$\mathcal{N}$oviembre. Todas las tardes de domingo en el edificio se respira una atmósfera fantasmagórica: estamos solos en un ala del gran castillo y es pura poesía. Sin embargo, estos momentos de intensa calma son puntuales. Anoche mismo, coincidiendo con Halloween, mis hijas organizaron una fiesta en el piso. Según palabras de la pequeña: «Una fiesta de disfraces de arquitectos, una fiesta con temática, una excusa para reencontrarse con los amigos de la universidad después de estos cuatro meses fuera de casa».

Una semana antes habían organizado un sorteo. En los papelitos del primer bote habían escrito los nombres de diferentes arquitectos conocidos, unos cincuenta al tuntún, de cualquier época y escuela, como Louis Kahn, Frank Lloyd Wright, William Morris, Philip Johnson, Enric Miralles, José Antonio Coderch, Alvar Aalto o Ludwig Mies van der Rohe, y en los papelitos del segundo bote habían anotado distintos tipos de muerte, curiosas e inventadas, como morir electrocutado por un ventilador de mesa, quemado por un rayo, morir de celos, de asco, morir tricotando, bailando hula hoop, morir de la tosferina o morir por culpa de un yogur caducado. La idea era que cada invitado se presentara en la fiesta caracterizado del arquitecto que le había tocado, pero con algún detalle sobre la muerte que le habría correspondido según el segundo papelito del sorteo. Muchos arquitectos famosos han sufrido muertes un tanto peculiares, en accidente o por causas extravagantes, de ahí la supuesta gracia del juego para una noche de Difuntos.

Son las seis de la tarde y anochece en la ciudad. Hace fresco, los primeros fríos de la temporada, y habrá que pensar en poner en marcha la calefacción, comentamos al situarnos frente a una pantalla para disfrutar de las fotos y los vídeos de la fiesta. Ver cómo los chicos y chicas se han esforzado en confeccionar sus disfraces de arquitectos muertos nos divierte. Los excéntricos personajes, como un Antoni Gaudí aplastado por una farola o un Le Corbusier mordido por una serpiente venenosa, beben, bailan y hacen payasadas en un escenario apenas reconocible en el que han apartado los muebles y colocado cientos de velas en los andamios para que los muertos puedan salir a los balcones a tomar el aire o fumar.

Una vez vistas las fotos y los vídeos, nuestras hijas nos cuentan muertas de la risa el fin de fiesta, que ha tenido lugar esta mañana a las nueve. Los últimos invitados en irse, los últimos arquitectos muertos, han sido los encargados de bajar a los contenedores unas grandes cajas de cartón con la basura. Dos de las cajas se han abierto por abajo y las latas y botellas vacías, las colillas y demás restos han comenzado a esparcirse por el suelo frente al edificio. Mis hijas y sus amigos se han apresurado a recoger la porquería pero un alemán, *ein Mann* bien plantado de mejillas sonrosadas, ha tenido tiempo de perpetuar el incidente con un improvisado reportaje fotográfico.

Las niñas y yo le sacamos punta a la historia. Viviendo aquí, no podemos relajarnos ni un domingo al bajar a recoger las cartas del buzón o a comprar el desayuno en la nueva panadería de la esquina. Nuestra portería es como un escaparate al gran teatro del mundo, un *photocall* abierto las veinticuatro horas, bromeamos. Pero Paul no está pendiente de nosotras. Ayer le dieron un premio en reconocimiento de su trayectoria profesional, ha salido en la prensa y está recibiendo correos de felicitación. Debe de tener la mente ocupada.

Las niñas siguen bromeando entre ellas y Paul sigue ausente. Pasea ahora la mirada por el salón, rastreando el terreno como uno de esos focos que barren durante la noche los campos de prisioneros en las películas, hasta que de pronto frunce el ceño.

—¿Qué habéis hecho con el cable de la antena de la tele? —pregunta volviéndose hacia las niñas.

Silencio.

—¿Y el *plotter*? ¿No se habrá vuelto a estropear?

Juego a distanciarme de la escena, ver a Paul como si no lo conociera, como si me lo acabaran de presentar, un físico sin una historia detrás que lo respalde: un hombre alto un poco encorvado, delgado, con el pelo canoso despeinado, mal aseado, la camisa oscura arremangada y unas pantuflas de lana ajadas. Para las chicas de la edad de mis hijas, un abuelito descortés y huraño, desprovisto de atractivo sexual. Para mí…, para mí en este momento Paul es Paul en toda su esencia y no puedo evitar sentir una gran ternura hacia él y trato de abrazarlo.

—Mmm… —murmura algo así como que tiene trabajo y se aparta.

Lo retengo por el brazo y suelto lo primero que se me ocurre:

—Y a ti, ¿de qué te gustaría morir?

Silencio. Y mirada que busca una salida.

Se lo repito otra vez. Ahora en inglés.

Levanta las cejas y se señala la cabeza como indicando que me falta un tornillo. Es un gesto feo de burla. No es la primera vez que lo hace, y además con la mirada busca aliadas. Manipula.

—Chicas, que esté en tratamiento no quiere decir que esté chalada —intento defenderme.

Me vuelvo hacia él:

—Se puede morir de un exceso de alegría o de un exceso de cariño… —Dardos envenenados. Estoy dolida y quiero hacer daño.

163

No me deja terminar la frase, se da la vuelta y lo veo desaparecer por el fondo del pasillo. Muy en su línea, rehuyendo el enfrentamiento.

«Donde estoy mejor es en casa con la familia.» No hay quien se lo crea. ¿Es necesario ser tan desagradable? La distancia que crea a su alrededor, ese poco interés hacia los demás, tenía su gancho cuando lo conocí. Era parte de su magnetismo. Ya no.

En la *chaise longue*, tapada con una manta y rodeada de uno de mis paisajes favoritos, estantes repletos de libros, quiero despegar, dejar atrás todo lo que me produce dolor. Trato de animarme: «Las relaciones son lo que son y no lo que me gustaría que fueran»; o como escribió Françoise Sagan: «Amar no es solo querer, es sobre todo comprender». Estoy de acuerdo con las dos frases. Pero la teoría no me sirve. En posición fetal y con los ojos llenos de lágrimas se suceden en mi cabeza fragmentos de machaconas conversaciones con el psiquiatra. Él insistiendo en que hay algo en mi vida que me hace daño, y yo asegurándole que se equivoca, que soy una privilegiada, que mi vida es un diez… Me ha costado, soy lenta o no lo he querido ver, pero por fin reconozco que hay algo en mi vida que no funciona. Mi relación con Paul hace aguas, y si no fuera por las pastillas que me muestran el mundo envuelto en algodón, hace tiempo que hubiera tirado su colección de topes de puerta por la ventana.

Tal vez no esté hecha para una larga convivencia, reflexiono secándome las lágrimas. Si estoy mal con Paul, es que por narices estaré mal con cualquier otro. Tenemos un pasado juntos que no cambiaríamos por el de ninguna otra pareja y podríamos llevar una vida estupenda. Pero si yo llego a casa con ganas de tranquilidad y me encuentro con que él acaba de poner la música a toda pastilla; si en cuanto me dispongo a encender el quemador de aceite él se queja de que no aguanta el olor; si el domingo me apetece encargar por teléfono comida japonesa y él la prefiere vietnamita; si subo las persianas y en cuanto salgo de la habitación el corre las cortinas; si soy lenta por naturaleza y él va acelerado; si me gusta el mar y a él la montaña; si yo dormiría abrazada y él, tal vez, elegiría dormir en otra habitación…, uno u otro ha de ceder. Y ceder día tras día cansa. Cansa y, al final, agota.

Y bajo la manta pienso que quizá con cualquiera que durmiera en la misma cama, usara el mismo baño, tuviera que sincronizar ritmos, consensuar decisiones, durante años y años, me sucedería lo mismo, acabaríamos detestándonos. *Tic tac tic tac.* ¿Es el tiempo el culpable, el que nos desdibuja y marchita a todos?

Tal vez la suma de pequeñas cosas, como ha ocurrido con la piedra de la fachada… Y es que si no me hubiera tocado en suerte un organismo hipersensible que absorbe cualquier vibración, cualquier matiz como una esponja. Si fuera capaz de aceptar a Paul tal cual es, como lo aceptaba cuando lo conocí. Si mis intereses fueran ahora los mismos que hace veintiséis años. Si consiguiera adaptarme a su forma de ser o crear un poco de distancia. Si Paul no ocupara tanto espacio en mi cabeza. Si en nuestra relación hubiera más humor. Si pudiéramos alquilar el piso de abajo y tener cada uno su propio espacio… Si… Si… Si… Cabe la posibilidad de que todo fuera diferente.

165

*U*n día miras a los que te rodean. Tu casa. Tu calle. Tu barrio. Al día siguiente, igual. Y al otro. Miras atentamente y parece que nada ni nadie cambie. Pero todo cambia y cambiamos nosotros: son cambios que, de puro lentos, resultan imperceptibles.

Teníamos las obras integradas en nuestra vida, nos habíamos familiarizado tanto con ellas que hasta nos ha chocado recibir esta mañana la noticia de que van a quitar las lonas que cubren los andamios. Después de once meses, la luz entrará por las ventanas e invadirá el piso. Ante nuestros ojos aparecerá el cielo y los edificios de la calle.

Mis tres arquitectos estaban en guardia, unidos en un frente común, esperando que yo planteara la operación retorno de las plantas. Bajo ningún concepto iban a permitirme ocultar las famosas barandillas de La Pedrera. Esta vez los comprendía. Tanto desde la calle como desde el interior del piso era un lujo poder disfrutar de ellas, que tras la restauración lucían como nunca. Yo los comprendía, pero ellos, mis tres arquitectos, debían entender que nuestra parte emocional nos agradecería un poco de verde entre tanto cemento.

Durante años fue solo con Paul con quien discrepaba por temas relacionados con la decoración. Con el tiempo nos hemos ido deslizando hacia una etapa familiar en que este tipo de conflictos son a cuatro bandas, y por fuerza ha habido que aprender a negociarlos. Por una vez he tenido suerte y el debate sobre las plantas no se ha alargado. De acuerdo que era muy pronto por la mañana y los tres tenían prisa pero yo disponía de una carta escondida en la manga. En una librería de viejo había aparecido ante mí un librito en el que destacaba un dibujo de las terrazas proyectadas por Gaudí, en las que el arquitecto dibuja enredaderas que se enroscan entre los barrotes. Proponía para conservarlas un sistema de riego a goteo que no pudo ser, imagino por su coste desmedido a principios del siglo xx.

Y como quien enseña una mariposa que se ha posado en la palma de la mano, lo he mostrado a la familia. No se lo podían creer, como no se lo podrían creer la mayoría de arquitectos de la ciudad, al menos el sector más purista, si el primer día de primavera los balcones de este edificio amanecieran sembrados de plantas trepadoras. Y con rapidez, cinco minutos después de recibir la ansiada noticia de que van a retirar las lonas de los andamios, la familia ha llegado a un acuerdo: de las dieciocho macetas que se fueron, en cuanto quiten los andamios volverán nueve.

Lo único constante es el cambio.

Al mediodía vuelvo a casa cargada con bolsas. Mis hijas no tienen tiempo para ir de compras y yo disfruto rebuscando aquí y allá a la caza de prendas básicas para ellas.

Cinco jóvenes me esperan en el rellano. Trabajan para Televisión Española y quieren filmar el piso.

—Ningún problema. Os doy mi número de teléfono y quedamos —les digo cambiando las bolsas de mano y sacando las llaves del bolso.

Se miran unos a otros contrariados.

—Debería ser ahora. El programa se emite esta tarde —afirma una chica pelirroja.

—No contaba con esto —trato de escabullir el bulto—. Además, estamos de obras.

—Siempre que vengo a Barcelona veo este edificio en obras —dice la misma chica, que es la que lleva la voz cantante del grupo—. Pero las obras siempre son para bien.

Sí, al menos hay algo que mejora…

—Mi hermano mayor estudió en la academia que había arriba —indica un chico señalando con el dedo el techo.

—Es cierto. En el cuarto había una academia —respondo—. Compartían rellano con los antiguos propietarios de Vinçon…

—Y en un *flash* me viene a la cabeza el texto de un alumno que descubrí un día en la red.

La chica pelirroja lo intenta de nuevo:

—Venimos de parte de Carmen Burgos.

Los cinco me miran expectantes. No es mi «momento televisión», pero meto la llave en la cerradura, abro la puerta y con un gesto les digo que pasen.

—De acuerdo…, pero solo cinco minutos, ¿sí?

—¡Hecho! Es la forma que tenemos de trabajar. Rodajes exprés. Esta misma tarde podrás verte en *España en directo* —asegura uno a mis espaldas.

Y antes de dejar las bolsas en el suelo la chica pelirroja, guapa y dicharachera, me ha acoplado un micrófono, y el chico cuyo hermano estudió en la academia de arriba me está filmando con una cámara de vídeo apoyada en el hombro.

*E*l texto de un estudiante que descubrí hace unas semanas colgado en la red:

Entre los años 1980 y 1984 estudié en el Instituto de Ciencias Económicas y Jurídicas, el ICEJ, situado en La Pedrera. La primera vez que entré en el edifico por la puerta de la calle Provença para llevar el libro de escolaridad antes de empezar el curso, me pareció un lugar triste y oscuro. La casa no había sido restaurada nunca y todo era gris; las serigrafías de los techos se habían estropeado y el edificio, sobre todo en el interior, tenía un aspecto de dejadez y decadencia.

El curso empezaba en septiembre y enseguida me integré en la finca. La Pedrera era como un castillo mágico, un laberinto lleno de rincones y detalles por descubrir. El suelo era de madera, original de los tiempos de Gaudí, oscurecido por el paso de los años. No había ningún ángulo recto en las paredes ni en el techo, y cada puerta y cada marco eran distintos, así como los pomos. Las paredes estaban pintadas de blanco desde la mitad hasta el techo, y de marrón oscuro hasta el suelo. De los altos techos colgaban unos fluorescentes que utilizábamos como red para jugar a voleibol con pelotas hechas con el papel de aluminio del desayuno. Una de las anécdotas que recuerdo era que los vecinos del otro lado de la calle Provença llamaban al director porque los alumnos tiraban por las ventanas de la famosa Pedrera aviones de papel encendidos por la cola que planeaban sobre la calle.

A veces, para distraerme, entre clase y clase, me quedaba mirando el techo, que me recordaba la superficie de la luna, lleno de cráteres y pequeñas montañas. Y una vez, al abrir una puerta, se me quedó en la mano un pomo original de los diseñados por Gaudí; eran como de latón retorcido. Tuve la tentación de quedármelo: no había nadie. Pero pudo más la conciencia ciudadana y se lo di al encargado, que me enseñó un cajón lleno de pomos, me dijo que los guardaban porque eran obras de arte únicas y me agradeció el gesto de devolverlo.

Había que subir en el ascensor, viejo y ajado, pero con una marquetería única, bajo la inquisidora mirada del portero. No se podía bajar en él, sino por una escalera oscura que parecía una cueva.

Otra dependencia que tenía la academia era el bar. Estaba en el patio de la calle Provença, en el semisótano, y lo regentaban el profesor de gimnasia y su mujer. Era un local pequeño pero acogedor, vendían a los alumnos bebidas, bocadillos, chicles o cigarrillos sueltos a precios asequibles. Un día tuvieron que matar allí una rata entre el griterío de las alumnas.

También estaba el sótano, al cual se accedía por una rampa retorcida que llevaba a una placita subterránea donde decían que, cuando se inauguró el edificio, se encontraban las cuadras para los caballos y los carruajes. En la placita subterránea aparcaba su Mercedes el director del colegio. Era muy oscura, y la rampa —en el más puro estilo Gaudí— se enroscaba como una serpiente. En el sótano también se hallaba la sala de actos donde se celebraban las fiestas del colegio. Recuerdo que el Carnaval del 83 fue sonado, con una interpretación por parte de unos alumnos del número de La Trinca de las Hermanas Síster.

En el edificio había un bingo que se anunciaba con luces de neón clavadas en la fachada del edificio; un taller de zapatería; la tienda Parera de ropa, que ha cerrado hace poco; una imprenta; un bar con «menú turístico», donde comían algunos profesores y, lo más preciado, el colmado del señor Solé.

El colmado del señor Solé era una tienda a la antigua con estantes llenos de todo tipo de comestibles y bebidas, donde se vendían productos que ya no había en ninguna parte de Barcelona, como la leche Sali. El señor Solé era un hombre menudo, calvo, con gafas de pasta con cristales de hipermetropía que le hacían los ojos grandes. Tenía un mostrador con cestos llenos de chupa-chups, chicles y caramelos colocados con mucho esmero. En otro mostrador había una especie de gran copa de cristal en la que siempre tenía panecillos con los que te hacía un bocadillo de jamón serrano, jamón dulce o queso. El señor Solé se hacía mayor y al final confundía las monedas, y si le comprabas caramelos por valor de cinco pesetas te devolvía el cambio de veinticinco o cincuenta.

En fin, este es mi testimonio sobre La Pedrera. No tengo fotografías en el edificio. Quizá porque para nosotros era una especie de prisión donde pasábamos muchas horas estudiando.

Éramos la generación del 66 de La Pedrera.

JUAN BERNARDO NICOLÁS POMBO

$\mathcal{M}$artes, 2 de diciembre de 2014. Ocho de la mañana. Unos ruidos rompen el silencio de la casa.

—¡Están quitando los andamios! ¡Están quitando los andamios! ¿Lo has visto? —exclama mi hija mayor triunfante.

Hoy es un día importante; lástima que no voy a poder entretenerme en seguir la operación. Hoy me reúno con mis amigas Las Literatas en Figueres. Una de ellas sigue con sus sesiones de quimioterapia y no se ve con ánimos de bajar a Barcelona.

Me visto y cruzo la calle para observar, aunque solo sea unos minutos, cómo desmontan los andamios. Desde el banco donde estoy sentada —unos bancos nuevos diseñados por Miguel Milá—, contemplo la parte de la fachada libre de obstáculos, limpia y restaurada.

—Humm… La Pedrera… No me gusta este nombre. —Fue una de las primeras frases con las que me sorprendió Miguel ayer a última hora de la tarde.

Llevaba un par de días mareada. Algo que nunca he sabido si es consecuencia de la ansiedad o de la medicación, pero que curiosamente me mejora en movimiento. Con un botellín de agua, un comprimido sublingual por si las moscas y el móvil cargado en el bolso salí con pasos torpes a la calle. Había decidido regalarme un plan que nunca me decepciona: bajar paseando por Pau Claris hasta llegar a la librería Laie y husmear con calma y a mi aire entre las tentadoras mesas de las novedades.

Nada más cruzar la puerta de entrada divisé a lo lejos a Miguel Milá examinando las cubiertas de unos libros. Hacía mucho que habíamos hablado en su casa de Esplugues a propósito de las visitas que hacía de niño al piso de tía Rosario, pero agradecería algunas palabras más suyas sobre La Pedrera y, tal cual, se lo comenté.

—La gente se ha acostumbrado a llamarla así y no se dan cuenta de que es despectivo —apuntó inmediatamente con su habitual actitud campechana—. Te acostumbras a los nombres y no piensas en su significado. Para mí, La Pedrera es un calificativo insultante, aunque comprendo que los ciudadanos de la época estuvieran molestos. Tenían toda la razón de quejarse, porque durante las obras la zona se convirtió en una cantera. Traían unos bloques enormes de piedras del Garraf y de Vilafranca, y las trabajaban en la calle, imagínate el ruido y el polvo, el follón que se creaba —me explicó tomando asiento en una pequeña escalera plegable.

Y mientras se entretenía en reajustar las patillas flexibles de las gafas, fue enumerando con parsimonia los distintos edificios modernistas que con los años han continuado siendo conocidos por el nombre de sus propietarios y no por un desafortunado apodo, como le ha ocurrido a la Casa Milà.

—Gaudí era un genio pero no tenía gusto —sentenció de pronto, expresando en voz alta una opinión que muchos se callan—. Pero a ver…, no me malinterpretes, esto es una visión personal. Porque…, ¿qué es tener gusto?

En ese instante se nos acercó una dependienta de la librería apurada porque necesitaba la pequeña escalera donde Miguel había tomado asiento. Subimos a la cafetería de la planta superior. Y allí, sentados frente a sendos botellines de agua, Miguel Milá —Premio Nacional de Diseño y sobrino de los Milà-Segimón— continuó regalándome sus opiniones sobre la obra del maestro.

Comenzó hablando del Templo Expiatorio de la Sagrada

Familia, uno de los monumentos más famosos de la ciudad y, con toda seguridad, el más visitado y el que ha generado más controversia, tanto por su accidentado proceso de construcción como por el resultado final:

—A mí me parece una cursilada considerable. Es imponente. Eso está claro. Pero ¿cómo no va a ser imponente con tantísimo dinero como se ha empleado? ¡Faltaría más! ¿Y para qué tanta columna? Toda la Sagrada Familia es un exceso —señaló ofendido.

La Casa Batlló tampoco es santo de su devoción. Un edificio del que aprueba la escalera y el piso principal con la chimenea, pero en cuya fachada, según su criterio, se entretuvieron demasiado:

—Demasiados balconcitos, demasiado estudiada... La Milà la encuentro mucho menos trabajada y menos cursi. Es una construcción elegante. Esas líneas como de arenas erosionadas por el viento... Gaudí ponía mucho entusiasmo en servirse de los elementos de la naturaleza. Hay gente que no crea, solo copia. Gaudí, en cambio, trabajaba sobre el terreno, tenía ideas y directamente las ponía en práctica. La Milà es, de los encargos que le hicieron a Gaudí, el que más me gusta, junto con la cripta de la Colonia Güell que es una maravilla. Un *patchwork*, una obra hecha con restos, reciclando objetos, desechos de los hornos donde se cocían las piezas de cerámica, ladrillos quemados mezclados con piedras, botellas y vasos medio rotos, porcelanas, todo aprovechado con un criterio artístico muy bueno.

Y totalmente embobada, porque no hay nada que me seduzca más en un hombre que un discurso valiente e interesante, hablando de Gaudí, de Jujol, y de que en el modernismo se trabajaba en equipos con grandes artesanos, dieron las nueve de la noche, su esposa vino a recogerlo y la librería cerró sin que ninguno de los dos hubiésemos comprado un libro.

En el camino de vuelta a casa no dejé de preguntarme durante cuánto tiempo se puede encontrar interesante a alguien...

ϒ

«Sigue en marcha el proceso para canonizar a Antoni Gaudí.» De entrada, creo que el artículo es una inocentada.

Aún con la boca abierta, bajo corriendo las escaleras de casa. Antoni Gaudí, elevado a los altares. Gaudí santo. San Antoni Gaudí. No salgo de mi asombro. A punto de alcanzar la portería oigo la voz de una nueva azafata que se dirige a mí dándome el alto. Cuesta imaginar un lugar más seguro que mi casa. La probabilidad de que los ladrones entren en mi dormitorio cuando duermo como me ocurrió en otra casa, o de morir asfixiada o presa de las llamas, es mínima. En cuanto cocinamos algo más elaborado que una tortilla, nos telefonean desde el búnker alarmados porque los detectores de humo se han activado. Estoy tan protegida que a veces siento formar parte de un Gran Hermano Patrimonio de la Humanidad.

Ayer sobre las once de la noche encargué una pizza por teléfono, y a mí, que jamás uso pijama, se me ocurrió bajar a recogerla con un pijama de Paul. Al llegar abajo y abrir la puerta del ascensor me encontré cara a cara con un grupo de orientales, unas visitas guiadas que se realizan esporádicamente por la noche y que incluyen una copa de cava al finalizar el recorrido. El grupo de orientales al completo me repasó de pies a cabeza, y observó en silencio cómo salía en pijama del ascensor, cruzaba la portería y me dirigía al portal. «Dos pizzas —señaló el repartidor—. Dos por una los lunes —precisó mientras yo oía cómo a mi espalda los del grupo cuchicheaban entre sí y se reían.»

Me alejo de la azafata que me ha regañado por equivocación y salgo a la calle. Paul se ha ausentado dos días por trabajo, quizá le salga una obra en Inglaterra. Y mis hijas han organizado otra fiesta, esta vez para celebrar que están quitando los andamios. Dentro de nada convocarán la de Fin de Año, que se ha convertido en un clásico entre sus amigos.

Quiero parecer una madre para ellas. Últimamente no lo parezco. Y decido encargarme de ir al mercado a comprar flores. También de bajar al Raval para comprar globos y rollos de papel dorado. Entre una cosa y otra, sobre las nueve y media de la mañana, una visita de excepción: Dan Brown, el creador de *El código Da Vinci*, *Inferno* y otros números uno en ventas a nivel mundial. Y a todas estas, después de comer, tiene que quedar todo resuelto, la casa lista, preparada para la fiesta. La mañana promete.

La agente literaria de Dan Brown me telefoneó anoche. El autor estaba a punto de aterrizar en Barcelona, quería visitar La Pedrera y agradecería poder recorrer un piso de los que siguen habitados. Troto por la calle con los ramos de flores, y a las nueve y media clavadas, con las flores en agua dentro de los jarrones y los dormitorios ventilados, Dan aparece por la puerta con un séquito de unas diez personas. Ayudada por mis hijas, les ofrezco un café. Estamos a gusto, nadie parece tener necesidad alguna de consultar el teléfono móvil. De pronto, mi hija pequeña comienza a jugar nerviosa con la melena y se remueve inquieta en la silla. Miro el reloj, las once. ¡Oh, no! ¡La fiesta! Ahora soy yo la que me remuevo en la silla y con una sonrisa coqueta suelto algo así como «Dan, ha sido fantástico conocerte», y no hace falta más, todo el grupo se levanta y nos ponemos en marcha.

Manos a la obra. Voy, compro y vuelvo, lo más rápido que me permite mi naturaleza, de por sí tirando a lenta. Y como no hay nada peor para nosotros, los lentos, que tener que correr, cuando ya me sentía salvada, muy cerca de mi zona de confort, de sopetón todo se tuerce. Al entrar atolondrada en el ascensor descubro que el botón del tercer piso ha desaparecido, y en esta finca no vale subir al segundo en ascensor y luego coger la escalera hasta el tercero. No, señor, aquí con la lógica no se va a ninguna parte. Toca subir por las escaleras. No. Bien mirado, hay otra opción. La de convencer al guarda de seguridad que custodia el ascensor de la entrada del paseo de Gracia para que me deje subir en él. No es el ascensor que me corresponde y es pedir un favor, pero tengo prisa y voy cargada.

Me dirijo hacia él alzando las grandes bolsas para darle pena. Echa mano de su *walkie*. No hay nada que yo pueda hacer salvo aguardar. Dudo si buscar asiento cuando alguien me toca la espalda:

—Ostras, ¡qué alegría, Carlos! ¡Cuántos años! —Lo abrazo como puedo, golpeándolo con las bolsas—. ¿Qué haces tú por aquí?

Carlos es un amigo de mi vida anterior, esa vida que, aunque ahora sienta muy lejana, sin duda habité antes de instalarme aquí. Me quito rápida y disimuladamente las gafas, y las escondo en el bolsillo del abrigo. Con el atolondramiento he salido a la calle con unas gafas horrendas que solo utilizo para trabajar. Con disimulo también me quito la goma y me suelto el pelo. Mientras tanto, el guarda de seguridad habla por su *walkie;* pasa información a un superior, al que imagino sentado fumando en el búnker. Lo corrijo sin intención de ofender:

—Lo siento, pero lo que le está diciendo a su jefe no es lo que hace unos segundos yo le he explicado a usted.

El guarda me fulmina con la mirada y sigue esforzándose en pedir la autorización de algo que no comprende.

—¿Algún problema? —se interesa Carlos.

Me vuelvo y le indico en voz muy baja, cubriéndome los labios con la melena:

—Me parece que este señor no entiende lo que está pasando.

Y ante su justificado desconcierto, me explico bajando aún más la voz, casi en un susurro:

—Mira, el asunto parece más complejo de lo que en realidad es. Quiero utilizar un ascensor que «no es el mío» porque «el mío» no funciona, y necesito permiso. Dependo del hombre que tenemos enfrente. Y él a su vez depende de otro, ya sabes, lo normal.

Le sonrío. Intento transmitirle algo así como: «No te preocupes, déjame hacer».

—Hay que vivir aquí para enterarse —señalo tratando de no elevar la voz—. Además, ser guarda de seguridad es una de las profesiones más duras que existen. Y portero de tienda de lujo también. —Me da por teorizar—. En el paseo de Gracia, hay un hombre apostado junto a la puerta de entrada de cada una de las tiendas, y cuando los veo ahí sufro, porque ¿en qué piensa un hombre tanto rato quieto de pie en un par de metros cuadrados? Debe de ser una tortura. ¿No crees?

—Nunca se me había ocurrido —comenta Carlos bajando la cabeza y deteniendo la vista en los rollos de papel dorado que sobresalen de las dos grandes bolsas que me cuelgan cada una de una mano.

—No sufras. —Balanceo nerviosa las bolsas—. Me refiero a lo del ascensor. Cuesta pero lo conseguiré. Suele ser así —aseguro cada vez más incómoda por el esfuerzo de hablar en voz tan baja.

Noto a Carlos aturdido. Lo entiendo. Mi sistema nervioso se ha activado en exceso. Emociones a flor de piel. Yo misma soy capaz de darme cuenta de que estoy más acelerada de lo normal, un efecto montaña rusa que debo controlar. Mejor estaría con la boquita cerrada. Aun así, voy y, con un tic que tenemos los vecinos, no dudo en invitarlo a subir a casa.

—Subiremos por este ascensor. —Señalo el ascensor con la barra de pan que he comprado en el último segundo—. No nos llevará a nuestro piso pero da igual, accederemos a través del piso muestra. Perdona, es que hoy voy sacando la lengua, al mediodía nos pasan a recoger y antes… —hablo atropelladamente, ya no hay quien me pare.

Por suerte para él, el móvil le vibra en el bolsillo del pantalón.

El guarda sigue erre que erre con el *walkie* y yo observo a Carlos, que nos da la espalda y se aleja unos pasos para hablar por teléfono. Presiento que, en esencia, no ha cambiado. Recuerdo que me rescató una noche que no tenía dónde caerme muerta. Estaba ya separada de mi primer marido y más separada aún de la familia. Nos hicimos amigos y tuvimos nuestra historia, una breve historia de sexo, drogas y rock & roll, con la que acabé de salir del cascarón.

Comienzo a sofocarme. Fuera el abrigo, fuera la bufanda, y junto con el bolso y las bolsas de la Comercial Bolsera, formo una montañita en el suelo. No me atrevo a dejar la barra de pan. Me fijo que la portada de la revista *Hola* se insinúa dentro del bolso. Ay, no, el *Hola* no, por favor, que no lo vea Carlos. Él se pasea por el patio mientras habla por el móvil. Se aproxima otro guarda jurado, un compañero con su uniforme gris, la porra y las esposas en el cinturón. Señala, por fin, que todo es correcto, que puedo utilizar el ascensor.

Este nos deja en el rellano del piso muestra. Estamos en el tercero del edificio del paseo de Gracia y tenemos que cruzar ese piso para acceder al rellano que comunica con el tercero del edificio de Provenza, que es donde se supone que se encuentran mis hijas y Chanel, la interina, peleándose con los muebles.

Me coloco delante para abrir camino y con la cabeza hago el gesto a Carlos de que me siga. Aprovecho la improvisada ruta para confesarle que me perdí *Septiembres*, el último documental que rodó en la cárcel de Soto del Real; y cuando voy a felicitarle por la nominación al Óscar por *Balseros*, me asalta un extraño presentimiento. Me vuelvo. Horror. Detrás de mí no hay nadie. Estoy hablando sola. Vuelvo sobre mis pasos. ¿Dónde diablos se habrá metido? Distingo a un grupito de personas al otro extremo del pasillo, en el recibidor del piso muestra. Entrecierro los párpados y fuerzo la vista, sin gafas no distingo bien las facciones pero reconozco la camisa de cuadros de Carlos. Respiro aliviada. Efectivamente, es él, se ha quedado hablando con tres personas. Desde donde estoy le hago gestos con el brazo. Venga, vamos, que se me hace tarde.

—¿Qué ocurre? —le pregunto cuando llega a mi altura.

—Solo intentaba ser cordial con tu familia.

—¿Qué? ¿Cordial con mi familia? Pero ¿a qué familia te refieres?

Me señala el grupito que acaba de dejar atrás. Podría llegar a ser un chiste pero no lo es, es solo una pequeña demostración de lo difícil que resulta orientarse dentro de La Pedrera: no me habré explicado bien y Carlos se ha figurado que el piso muestra era nuestro piso, y el grupo de visitantes, que no me quitan el ojo de encima, mi familia.

La Pedrera tendrá muchas virtudes, pero sencilla, lo que se dice sencilla, no es.

183

$\mathcal{M}$e froto los ojos escéptica ante la pantalla del ordenador. El *e-mail* que esperaba hace meses se materializa al fin en el buzón de entrada. Clico para abrir el mensaje sospechando que esté vacío y sea un error, pero por suerte me equivoco.

Es de Clementina Liscano. Mi vecina preferida. La venezolana que llenaba de color La Pedrera, la anfitriona de un piso de cuarenta metros cuadrados por el que ha desfilado medio mundo. Un piso que ocupó hasta que murió su única hija y abandonó la ciudad.

La Clementina que se refleja en mi retrovisor es una mujer intensa. Urbana. Noctámbula. Frívola. Cosmopolita. Muy presumida. Con una educación y unos modales exquisitos. Rodeada de amistades peculiares, interesada por todos y por todo. Cuando vivía aquí, cada medio año redecoraba el apartamento. Su piso ha salido fotografiado en un sinfín de revistas extranjeras. Decía sentirse obligada a cambiar los muebles, el color de las paredes y la ambientación en general para que las imágenes no salieran repetidas, aunque todos estábamos de acuerdo en que esta era la gran excusa para hacer y deshacer a su antojo. Le gustaba comer fuera al mediodía, y organizar tés y cenas con gente nueva y diferente en su casa. Odiaba hacer ejercicio o andar, y la recuerdo cogiendo un taxi para ir a la esquina de al lado.

Voy a la cocina a buscar una botella de agua y, sin dejar de pensar en ella, me dispongo a imprimir su *e-mail* por la ilusión de disfrutar leyéndolo en papel, pero mi decepción crece a medida que me adentro en ciertos párrafos relacionados con la espiritualidad. Respeto por supuesto su interés por la espiritualidad, pero en el correo no reconozco a mi Clementina. Tras dudar unos minutos, la llamo al móvil.

—¡Oh, corazón lindo! —Se emociona.

Y yo también ante ese acento venezolano que hacía tiempo que no oía y que toca alguna fibra sensible en mi interior que me acerca a ella, aunque estemos separadas por kilómetros de distancia.

Me cuenta que, en efecto, en su vida ahora solo cuenta la espiritualidad.

—¿Cómo crees tú que puedo soportar si no lo que le ocurrió a mi hija?

Su repentina muerte nos conmocionó a todos. Han pasado ya dos años de aquello y yo aún siento su presencia en cualquier rincón del edificio. De repente oigo cómo llama a su marido:

—Maaarcus… Maaarcus… ¿Maaarcuuuuuus?

Clementina no ha cambiado ni un ápice. Llama a su marido igual que lo hacía cuando vivía dos plantas por debajo de la nuestra. Parece que no es un buen momento para entablar una conversación. Le digo que trataré de telefonearla más tarde.

—Ok, corazón lindo —dice y cuelga tras su rápido y chispeante «Ciao ciao ciao» de siempre.

Yo vuelvo a leer en papel su *e-mail* con la idea de saltarme algunos párrafos relacionados con la espiritualidad.

Me llamo Clementina Liscano Soto. Viví treinta y tres años en La Pedrera.

Nací en Venezuela, pero cuando cumplí los cinco años exiliaron a mi padre y nos fuimos a vivir a París. Vengo de una familia de banqueros y escritores. No fue un exilio dramático, ni mucho menos. Mis padres, al llegar, alquilaron un pequeño *hôtel parti-*

culier en el número 1 de la Avenue de Marigny, que pertenecía a la familia de Toulouse-Lautrec. Los dibujos de Toulouse-Lautrec llenaban las paredes de las escaleras, de las habitaciones y del salón de la casa. Después mis padres se mudaron al 28 de la Avenue Georges Mandel, por donde cuatro veces al día pasaba la guardia napoleónica a caballo.

Cuando cumplí los nueve años mi madre organizó un viaje a Barcelona solo para ver la obra de Gaudí y yo fui con ella. Encontré La Pedrera oscura, cavernosa, con olor a tierra. Y la Sagrada Familia la encontré luminosa y colorida. Lo que me produjo una impresión más grande fue el nombre de la Sagrada Familia. Concebir como algo sagrado al padre, la madre, el hijo, el hermano, la abuela, me conmovió muchísimo, porque no lo relacioné con la Virgen, san José o Jesús. Yo lo entendía como si la familia fuera del orden de lo sagrado.

[...]

Los veranos solíamos ir a las playas de Venezuela, y en uno de esos veranos conocí a un piloto holandés guapísimo. A las veinticuatro horas me casé con él. Tuve una hija maravillosa. Pero al piloto guapísimo le empezaron a gustar todas las mujeres que se le cruzaban en su vida, demostrando que yo le gustaba cada vez menos. En un acto de gran valentía, porque yo lo quería mucho, decidí volver a París. Tomé a mi hija, que tenía seis años, y dejé Venezuela. Mi avión hacía escala en Barcelona y tenía un par de horas frente a mí, así que recorrí la ciudad. Pasé delante de La Pedrera. En unas ventanas del primer piso leí: «Local en alquiler». Entré, pregunté cuánto había que dar como paga y señal para tomar el piso, me contestaron que veinticinco mil pesetas, pagué y les dije que volvería dos semanas más tarde para firmar el contrato. Al salir de allí me di cuenta de que me había trazado un nuevo destino en muy poco tiempo. El piso estaba vacío desde hacía diez años. No tenía luz, las ventanas no cerraban y el salón estaba dividido en cuatro habitaciones. Tuve que esperar un año para poder mudarme. Cuando tiré los tabiques del salón, sobre el techo estaba escrito: «Dolorosa» y

187

«Modestia», características de la Virgen María. Para mí Gaudí era un católico universal, y trabajaba con los arquetipos. La Virgen de La Pedrera es el arquetipo femenino, más que la madre de Jesús, aunque también es la madre de Jesús, la Virgen y sus ejércitos. Pero es la gruta, la tierra, el agua, la colina y el bosque.

[…]

Barcelona es una ciudad-puerto. Me recordaba a las calles húmedas de la Viena de posguerra de *El tercer hombre*. Fue Rafael Alberti, que era muy amigo de mi madre, quien me llevó por la Barcelona nocturna y decadente de Las Ramblas, las calles con las viejas prostitutas, El Molino, La Paloma. Él me contaba que, mucho antes que París, Barcelona tuvo una larga tradición de cabaré.

Siempre vi a Gaudí como la redención de ese mundo, porque creo que todo tiene su opuesto. Y la dimensión extraordinaria de Gaudí tiene que tener su sombra. Las piedras esculpidas, tanto de las catedrales como de los edificios, cuentan una historia que atraviesa el tiempo de toda la humanidad. La obra de Gaudí, como la de los grandes creadores, se va recogiendo hasta alcanzar la unidad de todas las cosas y de todos los seres.

[…]

Pasaron por mi casa ejércitos de italianos, brasileños, argentinos, holandeses, americanos. Venían antes de los Juegos Olímpicos… Arquitectos, bailarines, gente de teatro, amigos de amigos… Uno llevaba a otro… Me chocaba que la gente de aquí no valorara La Pedrera. Los japoneses, por cultura, tienen mucha afinidad con Gaudí, son los que más lo entienden. Cualquier pequeño detalle está inspirado en la naturaleza. Llegaron las Olimpiadas y pusieron a Barcelona en el centro del mundo. Después vino el diseño catalán y la comida mediterránea desembocó en El Bulli, que lo cambió todo. Fueron años geniales. Pasaron también por mi vida muchos amigos. Unos han permanecido y a otros se los ha llevado el viento.

En La Pedrera nacieron mis tres nietos. Tuve siete gatos, tres hámsteres, dos conejos y un pato que se tiró por el balcón; se llamaba Parsifal. Hace dos años y medio que dejé La Pedrera, pero no es

188

ella lo que más añoro, ni tampoco esos treinta y tres años de vida con todas mis vivencias. Lo más importante ha sido haber conocido a mi actual marido, Marcus Richter. Y el recuerdo de Gaudí, su impronta, su soplo, su peso, su luz, sus plegarias, sus secretos, su maestría excepcional, su absoluta fusión con la ciudad donde vivía, que al final, en un abrazo, lo devoró.

CLEMENTINA

Poco antes de la hora de sentarnos a la mesa a cenar vuelvo a llamarla.

—*Allo? Allo?* ¡Oh, corazón lindo! Dime, pregunta lo que quieras saber.

Quizás porque he estado leyendo sobre Juan Liscano en Internet, le pregunto por su padre, poeta, ensayista, crítico literario y editor, y ella se lanza como un río desbordado a contarme historias. Que si su padre era amigo de Louis Aragon, Pablo Neruda, André Breton, Juan Ramón Jiménez, Buñuel, Malraux, Panero…, que si ella los conoció a todos. Que si su segunda esposa no llegó a vestirse ni a peinarse nunca sola (tenía alguien que se lo hacía) y nunca llegó a tocar dinero (era de mal gusto). Que Marcus la enamoró por su espalda ancha y porque toca el piano y cocina. Le gustan los hombres jóvenes con espalda ancha que saben tocar el piano y cocinar… Todo en Clementina es curioso y excesivo.

—En mi horóscopo no tengo un planeta de tierra en el que agarrarme —comenta mientras Paul me hace el gesto de una tijera con los dedos, un gesto de corta ya, hay que ver cómo te enrollas—. Mi trabajo es aprender a tocar tierra, mi tierra solo es Marcus. Cuando toco tierra, pienso en suciedad, en escarabajos escarbando, en gusanos retorciéndose, en lombrices…

Y para desespero de Paul, que ha adelantado su vuelta a casa para cenar antes de que empiece el partido de fútbol, Clementina sigue y sigue hablando, de la tierra mojada que se le engancha en las suelas de los zapatos, de la tierra que le produce repulsa pero que anhela a la vez. Y continúa saltando de un tema a otro hasta que me veo obligada a interrumpir y mencionar la expectativa que ha generado en la familia el partido que retransmiten esta noche por la tele.

Sí, esta sí que es mi Clementina. Clementina Liscano, mi vecina del primero.

This is no longer the time to dream.

Al pisar la calle me encuentro que en el chaflán del paseo de Gracia con Provenza se ha formado un tumulto. Los Gigantes (el rey Gaudí, la reina Pedrera y sus guerreros), cuyas cabezas representan las chimeneas de la terraza, bailan al son de las *grallas*. Algunas personas que se han acercado al centro a comprar se detienen a contemplar el festejo, uno de los actos preliminares a la ceremonia que esta noche servirá para colocar el broche a estos doce meses de ruido, polvo y oscuridad.

Al mediodía le comento a Paul algunas de las cosas que he seleccionado en una tienda para regalar estas Navidades. El asunto no le puede interesar menos y me corta de cuajo antes de terminar:

—Tú y yo como siempre —dice. Y tras una breve pausa, pregunta con un cierto temor en la voz, no sea que haya surgido alguna novedad, un cambio en nuestras costumbres y él no se haya enterado—: No nos regalamos nada, ¿verdad?

—¿Nada de nada? —intento bromear.

—Aún te debo el regalo del año pasado… El vale para pasar un fin de semana en un hotel de la Costa Brava.

—¡Ah sí! Pero déjalo, ya ni me acordaba.

Paul consulta el reloj, es hora de irse a trabajar. Me dispongo a acompañarlo a la puerta:

—Oye, esta noche se celebra el final de las obras. Llevan no sé cuántos días preparando la fiesta.

—Psss…, yo te espero aquí. —Y con un movimiento de la cabeza señala el altillo que acabamos de abandonar.

Un fuerte pinchazo hace que me lleve las manos al abdomen. A Paul no se le escapa mi gesto ni mi cara de dolor, pero sigue su camino sin inmutarse. ¿He llegado al punto de rendirme, de aceptar que se puede querer y no soportar a alguien?

Insisto:

—Paul, la gala no durará mucho. Y si te apetece, luego podemos ir al cine. —Resoplo al dar un traspié y tropezar con un tope de puerta que ha quedado olvidado en medio del pasillo.

—Últimamente no acertamos con las películas, nos estamos tragando cada rollo… —refunfuña cogiendo el abrigo del colgador.

—Pues podemos ir a tomar unas tapas a aquel sitio que te gusta del Borne —propongo mientras abro la puerta del piso y queda libre la cabina del ascensor.

—¿No te acuerdas de lo lleno que estaba la última vez que fuimos y lo mal que nos atendieron? —se queja antes de que se cierre la puerta tras él y el ascensor comience a descender, dejándome de pie en el rellano con la barbilla hacia delante esperando un beso que no ha de llegar.

Se me han quitado las ganas de todo. Quizás, si no dependiera tanto emocionalmente de Paul, si aprendiera a aceptar sus negativas… Comienzo una vez más a dar vueltas y más vueltas al desgaste que ha sufrido nuestra relación. Entiendo que, del mismo modo que en cada piedra la erosión es diferente, en cada relación el desgaste también es diferente. Incluso hay erosiones y desgastes que embellecen, ruinas maravillosas.

Y cuando ya estoy colgada en mi nube, elaborando mentalmente un sesudo tratado filosófico sobre el deterioro, otro fuerte pinchazo en la barriga me hace doblarme en dos y apoyar la espalda contra la pared del pasillo.

Me llevo las manos al vientre, que se ha puesto duro y se ha hinchado como si me hubiera tragado un balón. ¡Vuelta a las andadas! Mi abdomen, un órgano mucho más fiable que mi corazon, me envía señales. Media hora, tal vez una hora despuós, mi hija mayor se acerca a la *chaise longue* donde me he refugiado y tira de la manta que me cubre. Recostada del lado derecho y enroscada como un ovillo me vuelvo hacia ella, y la expresión de alarma de su rostro lo dice todo. Estoy temblando como una hoja y boqueo como un pez, siento que me falta el aire.

—¡Basta! —protesta enfadada, secando con las yemas de los dedos los lagrimones que resbalan por mis mejillas.

Me siento como un bebé al que mi hija está cuidando… He pasado de ser la princesa del guisante, la dama del castillo, a la loca de la torre.

—Martina, tienes que ser valiente —exclama ahora con autoridad.

Dicho lo cual trata de sentarse junto a mí, pero resbala. Mataría por un sofá que nos engullera y nos cobijara en sus entrañas, que le permitiera a mi hija quedarse un ratito conmigo.

193

Paso la tarde hundida en el reconfortante letargo y placidez, el embotamiento que me proporciona el Trankimazin. De tanto en tanto van llegando wasaps al móvil. Leo uno de Tico. Su hijo va a venir a Barcelona y le haría ilusión darse una vuelta por La Pedrera. «Estupendo, cuento con los dos, ganas de veros», acierto a teclear con apatía en el móvil, calculando que ha pasado un año desde su última visita. ¡Un año ya!

Busco el grupo de Las Literatas y en un arranque nada propio de la Martina de los últimos tiempos, y pensando ante todo en mis hijas, escribo: «Me separo de Paul». Por si no ha quedado claro, vuelvo a escribir: «¡ME SEPARO DE PAUL!» Esta vez en mayúsculas y con los signos de exclamación rojos. Al segundo responde una de ellas: «¿Y qué ha dicho él?». Contesto: «Aún no lo sabe».

El dolor físico te hace una persona pasiva. La medicación, hasta que no consigues hacerla tuya, te anula. Pero en un rapto de energía y lucidez, vuelvo a teclear: «No hay marcha atrás». Y desconecto el móvil. Sé que alguna me dirá que Paul, a su manera, me quiere. Pero a mí no me apetece argumentar. A estas alturas, el hecho de que Paul me quiera para mí se ha convertido en un acto de fe.

Suena el teléfono fijo. Paso. A la tercera o cuarta vez que suena, me alarmo. Lo cojo. Al otro lado de la línea el íntimo amigo de Paul se excusa:

—Estoy tratando de localizar a Paul sin éxito —dice apurado.

—Ya conoces su mala relación con el móvil… —Dudo—. Mira, ayer me enteré por qué Paul no contesta los wasaps. No nos contesta ni a mí ni a las niñas a menos que acabemos la frase con un signo de interrogación. Sin interrogante no cree necesaria una respuesta.

Se ríe.

—El tío es un *crack* —dice con admiración—. Y no me extrañaría que no haya comunicado a nadie lo que se lleva entre manos.

Me callo adrede, para animarlo a que continúe:

—Quería decirle que he encontrado lo que busca. Sin duda es «su local». Parece que se lo hayan hecho a medida…

Y dando por supuesto que yo sí estoy enterada del asunto, empieza a enumerarme entusiasmado todas las cualidades del local que le han ofrecido y que efectivamente Paul anda buscando. Un espacio y un entorno que le van como anillo al dedo. Todo tan perfecto que tiene miedo que se adelante otro y bla bla bla, bla bla bla.

Mentiría si dijera que no siento un gran alivio al escucharlo. Nada de histéricas escenas de celos, nadie a quien tirar de los pelos. La llamada no ha hecho otra cosa que confirmarme lo que ya sabía: mi intuición nunca falla.

ϒ

A la hora de costumbre, oigo la puerta y el ruido del manojo de llaves al caer sobre la mesita de la entrada. Los pasos de Paul directos hacia el altillo. Me dirijo hacia allí y me lo encuentro sentado en el taburete frente a su mesa de herramientas mirando atento el portátil.

Sin querer dirijo la vista a la pantalla.

—¿Qué es todo esto? —no puedo dejar de preguntar.

—Vídeos de YouTube.

Consigo leer un título: «Cómo utilizar un soldador».

—Cada vez estoy más enganchado al trabajo manual. Me da placer ver lo que sale de mis manos. Hago mis listas. Controlo. Es una gran satisfacción.

Comienza a mover el ratón y yo me quedo muda. Vídeos y vídeos y más vídeos de bricolaje. La mayoría en inglés.

—El cliente soy yo mismo. No dependo de un cliente externo que me encargue un trabajo. Lo importante es disponer de buenas herramientas —explica con una emoción a la que no estoy acostumbrada.

El bricolaje. Un islote en mitad del océano, una pasión que lo salva, que no le deja espacio para nada más. Un mundo alternativo en el que hace y deshace a voluntad. La nueva versión de sí mismo.

Lo cojo cariñosa de las manos.

—Paul, lo nuestro no puede continuar. Ya no te interesa… No nos interesan las mismas cosas —le suelto convencida de que hará ver que no sabe de qué le hablo.

—Muchas veces te he prometido que iba a cambiar…, pero es innegable que no lo puedo hacer.

No esperaba esa respuesta.

No la esperaba pero sé que con el tiempo se la agradeceré.

Ya está. Hasta aquí. Punto y final. Ha saltado el click y se ha hecho la luz. Se ha acabado la pesadilla de las obras en esta casa y el dolor en nuestra relación. No seremos la *big and happy family* que coreaban mis hijas de pequeñas. Paul y yo no en-

195

vejeceremos juntos. No habrá recompensa al final del camino, solo una soledad con la que no contábamos y a la que habrá que adaptarse.

Mis ojos se vuelven a llenar de lágrimas y lo abrazo. Permanecemos un buen rato en silencio abrazados. Él sentado y yo de pie, él haciendo crujir los nudillos de los dedos y yo con la sensación de estar abrazando a una piedra.

A una fachada entera.

—Lo siento, Martina, pero no puedo darte lo que necesitas... —continúa en voz muy baja hundiendo la cabeza en mi pecho.

—Paul, te quiero.

—Debes de ser la única.

—Tienes montones de amigos, mucha gente que te admira. Soy yo la que...

—No. Soy yo. Soy malo en las distancias cortas.

—Paul, no entiendo qué es lo que nos ha pasado.

—Martina, desde que me dijiste que estabas embarazada no me ha interesado ninguna otra mujer. He vivido para ti y para nuestras hijas... Aparte del trabajo, solo estáis vosotras, pero no lo sé hacer mejor.

Tocada. Ha dado en el clavo: ¿cuántos proyectos se extinguen aunque uno ponga todo de tu parte? Los dos hemos hecho todo lo que ha estado en nuestras manos pero no lo hemos sabido hacer mejor. No ha sido necesario un terremoto en la ciudad para hacer que se tambaleen los cimientos o agrieten las piedras de esta casa, ni una tercera persona para hundir nuestra relación. A nuestro matrimonio le ha sucedido lo mismo que a la maravillosa madera del suelo del salón que, según me dijo un operario, no aguantará mucho más porque se la está comiendo su propia carcoma. Lo que nos está ocurriendo a Paul y a mí es previsible y feo, sin tintes de mejora, y si no soy capaz de encararlo con humor, no me queda otra que cortarlo.

Me armo de valor.

—Has sido el mejor compañero de vida que hubiera podido tener. —Me oigo decir con un timbre de voz que no acabo de reconocer.

Y de pronto me pasa por la cabeza que seguramente le esté haciendo un favor. Es posible que Paul, con mi decisión, se sienta liberado. No sé... Nunca lo sabré.

Un día que bien podría haber sido otro, nuestra fiesta se ha acabado. Y se ha acabado sin saber por qué. Puede que me casara con un tarado emocional, con un egoísta... Puede que la tarada emocional, la egoísta sea yo. Puede que Paul sea un adicto al trabajo y yo una tocacojones o una persona demasiado intensa en los afectos. Puede que amar no sea suficiente. Tampoco hay que conocer siempre la respuesta.

Paul y yo continuamos abrazados en silencio, en un silencio de los de antes, sin tiranteces, un silencio en el que podría vivir eternamente, hasta que nuestras hijas vienen a buscarnos y nos arrastran a la calle.

197

Los cuatro llegamos a la portería justo cuando acaba de comenzar la exhibición en la fachada de La Pedrera, el colofón a estas últimas obras de limpieza y restauración del edificio. Trato de no despistarme y seguir con atención desde el chaflán del paseo de Gracia los movimientos de los bailarines en los balcones de los pisos y las imágenes que se proyectan sobre la piedra recién saneada. Para mí el «aquí y ahora» nunca ha sido fácil. De pie y rodeada de un montón de personas, con la cabeza ligeramente apoyada en el hombro de Paul y la vista clavada ahora en un punto, ahora en otro, mi mente se dispersa, vuela y queda atrapada en la primera vez que me fijé en el viejo imperdible con el que se cerraba la solapa del abrigo cuando iba en moto. En el día en que le propuse cenar en un italiano y él me llevó a una *trattoria* del casco antiguo que si pedías un plato de calamares a la romana te lo traían con unas bengalas encendidas y los demás comensales aplaudían; calamares que por supuesto me hizo pedir sin que yo supiera a lo que me arriesgaba. Probablemente no encuentre a nadie como él. Paul es Paul, para lo bueno y para lo malo, imposible de reemplazar. Pero no busco a otra persona y sí otra situación. Necesito recuperarme como han recuperado esta preciosa fachada. Volver a ser la Martina que fui, volver a quererme.

Procuro concentrarme de nuevo en el espectáculo que se desarrolla frente a mí para dominar las lágrimas que desde hace horas no dejan de caer. Un llorar profundo, relajado, sin drama. Inútil, mi música interior no sintoniza con la que suena en el exterior, la que siguen los bailarines y escucha la gente, la que armoniza con las imágenes del vídeo *mapping* que se proyectan sobre la piedra limpia y renovada.

198

Mi mente se desplaza desorientada a diestra y siniestra hasta que consigue silenciar el ruido interior y el exterior, y me invade una gran serenidad. Hacía mucho que no sentía tanta tranquilidad. Tantísima paz. Le he regalado a Paul una de las mejores vidas que hubiera podido soñar, y él a mí también, y ahora nos toca jugar nuestras cartas y tirar para adelante de otra forma. Doy gracias a la vida por habernos encontrado y por podernos separar.

Paul se remueve inquieto. O demasiado tiempo inmóvil o mi cabeza le molesta y quiere quitársela de encima. Distingo a lo lejos a Carmen Burgos y a Tere Yglesias, su vecina de rellano, e intuyendo que Paul agradecerá quedarse solo después del chaparrón, me abro paso entre la gente, entre los palos de iPads y iPhones, el gran invento de este año gracias al cual los turistas se hacen fotos a sí mismos y se olvidan de nosotros. Esquivo un palo y otro, *sorry, sorry,* por favor, gracias, y a trompicones me acerco a ellas. Me coloco justo detrás, a su espalda. Ellas no advierten mi presencia. Es evidente que las he sorprendido en un mal momento. En uno de esos instantes en que las seguridades se vienen abajo y empieza a planear la sombra de la residencia.

—Me dan dinero y me voy —oigo que dice Tere—. Estoy harta. Un piso tan grande, sola, y con una pensión de jubilada ridícula. Te aseguro que si me indemnizan, me voy a un piso más pequeño. Y tanto que sí —reniega alterada—. ¿Y la música? ¿Tú oyes la música del museo a toda castaña por las noches? No la soporto.

—Sé cómo acabaré. Acabaré con la cabeza ida. Qué pena, aquí sola. Y enferma. Si me indemnizan…, me voy —la segunda Carmen.

La vejez, ellas dos. La tristeza inmensa de separarse amando, Paul y yo. Demasiada realidad. Mejor me pierdo.

Y como un superhéroe, salgo propulsada de la acera, mi mente retrocede varios años y regreso en unos segundos a un verano en que la compañía francesa Royal de Luxe se las ingenió para subir y colocar en la azotea un muñeco enorme, un hombretón de dos toneladas de peso y diez metros de alto. Presentaron al gigante vestido con unos pantalones azules remendados y un guardapolvo marrón, con las piernas colgando por la parte delantera del edificio. Una figura portentosa, fácil de relacionar con un buen momento de mi vida familiar.

Instantes felices, recuerdos golosos que, como el caracol lleva a cuestas su concha, yo llevo conmigo en una mochila a la que me aferro con orgullo. Una cueva de Alí Babá repleta de tesoros que considero mi verdadero hogar, y no el espacio que me ha sido prestado en este famoso edificio que se alza enfrente, que he cuidado y que he aprendido a querer, un afecto circunstancial del que no me resultará doloroso prescindir.

$\mathcal{H}$a llegado el día de enfrentarme a los libros. Con la ayuda de una escalera, vacío mis estanterías. Montones de libros que voy metiendo en las cajas que unos amigos vendrán a recoger con una furgoneta.

Voy haciendo sitio en el piso con la esperanza de dejar una bonita huella, de haber salvado nuestra familia. Convencida de que con Paul encontraremos otra forma de querernos. No me extrañaría que mi próxima novela sea un homenaje a él, la persona que me permitió descubrir el edificio, la persona que ha dormido junto a mí los últimos veintisiete años, el hombre al que sigo queriendo. Una novela fácil de explicar a mi madre, que ya está un poco mayor.

—Háblame de tu novela, Martina —me pedirá cuando me disponga a comenzarla.

—Pues verás, mamá, la novela empieza en enero del 2014 con el desembarco de un ejército de operarios dispuestos a montar unos andamios en La Pedrera —le señalaré con paciencia y elevando la voz para que me oiga—, los andamios que permitirán acometer unas obras de limpieza y restauración, una más de las numerosas obras que a lo largo de la historia del edificio se realizarán, y acaba a finales del mismo año el día en que desmontan los andamios, y la ciudad y el mundo entero puede admirar la impecable fachada de la obra de Gaudí. Doce meses de obras, doce meses en la vida de una inquilina que da voz a otros inquilinos, una vecina que, por unas circunstancias determinadas, tipo de contrato y edad, tenía muchos números de ser la última persona en alojarse en el edificio…

—¿La última inquilina de La Pedrera? Esto sí que suena a novelón, a saga incluso —exclamará ella colocándose un cojín detrás de los riñones.

—Pero mamá, he dicho «tenía»…

—¡La última inquilina de La Pedrera! —repetirá abriendo la tapa de la caja de bombones que tiene siempre a mano.

Y con esta idea rondándole por la mente, la dejaré saboreando su bombón preferido. ¿Para qué quitarle la ilusión con cosas que no le interesan? ¿Para qué correr el riesgo de dejarla preocupada?

Mientras tanto, La Pedrera, un reino de más de 11.000 metros cuadrados, se mantendrá majestuosa en la ciudad, lista para ser debidamente admirada por las futuras generaciones y para albergar entre sus paredes otros recuerdos que no serán los míos.

La Pedrera, paisaje de fondo.

Vecinos de Casa Milà-La Pedrera entrevistados, por orden de aparición:

Carmen Solá, Carmeta. Vivió primero en uno de los apartamentos de Barba Corsini y luego en el piso que había pertenecido a los porteros y luego a Octavio Aceves. Desde 1977 hasta la fecha de publicación de este libro.

Carmen Burgos. Viuda del notario Luis Roca-Sastre. Desde 1968 hasta la primavera de 2018.

Montserrat Bargués. Vecina del barrio.

Joaquima Trias. Hija del doctor Trias. Desde 1947 hasta 1980.

Elvira Roca-Sastre. Hermana pequeña del marido de Carmen Burgos, hija del notario Ramón Roca-Sastre. La familia residió en el edificio desde 1944 hasta 1996.

Gema Georgi. Desde 1944 hasta 1966.

Familia Monset. Desde 1948 hasta 1974.

Mossèn Josep Maria Ballarín. Primo de Alfonso Monset.

Elvira de Castro. Dueña de Modas Parera, en los bajos del edificio desde 1955 hasta 1997.

Chiti, Concepción Casamajó. Azafata más antigua de La Pedrera. Desde 2000 hasta la fecha de publicación de este libro.

Antonio Quintana Jufré.

Francesc Anglés. Traumatólogo y escultor. Desde 1985 hasta 1995.

Sergio. Dueño de la cafetería Amarcord, en los bajos del edificio desde 1985 hasta 1996.

Josep Fàbregas. Psiquiatra que vivió en los apartamentos de Barba Corsini. Desde 1975 hasta 1985.

Octavio Aceves. Desde 1980 hasta 1989.

Rosa Llovera. Enfermera y esposa de uno de los sobrinos de doña Rosario Segimón. Vivió en el edificio durante treinta años, no recuerda los años exactos.

Tere Yglesias. Desde 1949 hasta la fecha de publicación de este libro.

Juan Bernardo Nicolás Pombo. Estudiante. Desde 1980 hasta 1984.

Ana María Martínez. Nuera del doctor Puigvert, que vivió varios años en el edificio, escalera del paseo de Gracia.

Miguel Milá. Diseñador industrial y sobrino nieto de Pere Milá.

204

Clementina Liscano. Venezolana, un amor de vecina. Desde 1980 hasta 2012.

Vecinos de Casa Milà-La Pedrera nombrados, por orden de aparición:

Despacho de abogados Ramos y Arroyo. Desde 1982 hasta la fecha de publicación de este libro.

Rosario Segimón de Milà. Esposa de Pedro y propietaria de La Pedrera. Desde 1912 hasta 1962.

Pedro Milà i Camps. Encargó la construcción de La Pedrera a Gaudí. Desde 1912 hasta 1940.

Cónsul de Argentina en Barcelona

Paco Abadal. Famoso ciclista. Desde 1912 hasta 1930.

Familia Baladía.

Familia Sérvole.

Doctor Freixa.

Coronel Ríos.

Familia Crehuet. Desde 1940 hasta 1980.

Familia Feliu.

Sastrería Mosella. En los bajos del edificio. Desde 1928 hasta 2012.

José Miguel. Hijo de los dueños de la pensión Sáxea.

Compañía de seguros Northern.

Dominique Joly d'Aussy. Vivió con sus padres en los apartamentos de Barba Corsini. Desde 1960 hasta 1963.

Anna Plaza. Vivió en los apartamentos de Barba Corsini. Desde 1985 hasta 1989.

Príncipe egipcio. Desde 1912 hasta 1918.

Manel Armengol. Desde 1979 hasta 1984.

Marina. Vendedora de periódicos de la esquina, madre de Conchita, portera del edificio.

Familia Amat. Propietarios de Vinçon, vivieron en el cuarto primera de la escalera de Provenza.

Copistería. En los bajos del edificio.

Instituto de Ciencias Económicas y Jurídicas. Ubicado en el cuarto segunda de la escalera de Provenza.

Este libro utiliza el tipo Aldus, que toma su nombre
del vanguardista impresor del Renacimiento
italiano, Aldus Manutius. Hermann Zapf
diseñó el tipo Aldus para la imprenta
Stempel en 1954, como una réplica
más ligera y elegante del
popular tipo
Palatino

La última vecina
se acabó de imprimir
un día de invierno de 2019,
en los talleres gráficos de Egedsa
Roís de Corella 12-16, nave 1
Sabadell (Barcelona)